TRES NOCHES EN EL PARAÍSO
Annette Broadrick

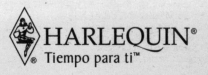

HARLEQUIN®
Tiempo para ti™

NOVELAS CON CORAZÓN

Editado por HARLEQUIN IBÉRICA, S.A.
Hermosilla, 21
28001 Madrid

© 2000 Annette Broadick. Todos los derechos reservados.
TRES NOCHES EN EL PARAÍSO, Nº 1025 - 11.04.01
Título original: Marriage Prey
Publicada originalmente por Silhouette Books.

I.S.B.N.: 84-396-8844-X
Depósito legal: B-8656-2001
Editor responsable: M. T. Villar
Diseño cubierta: María J. Velasco Juez
Composición: M.T., S.L.
Avda. Filipinas, 48. 28003 Madrid
Fotomecánica: PREIMPRESIÓN 2000
c/. Matilde Hernández, 34. 28019 Madrid
Impresión y encuadernación: LITOGRAFÍA ROSÉS, S.A.
c/. Energía, 11. 08850 Gavá (Barcelona)
Fecha impresion para Argentina:8.10.01
Distribuidor exclusivo para España: M.I.D.E.S.A.
Distribuidor para México: INTERMEX, S.A.
Distribuidores para Argentina: interior, BERTRAN, S.A.C. Vélez
Sársfield, 1950. Cap. Fed./ Buenos Aires y Gran Buenos Aires,
VACCARO SÁNCHEZ y Cía, S.A.
Distribuidor para Chile: DISTRIBUIDORA ALFA, S.A.

Capítulo Uno

Los Ángeles, California
Finales de marzo.

Steve Antonelli se desperezó de su sueño, vagamente consciente de que algo marchaba mal. Durante los dos últimos meses, desde que volvió a Los Ángeles después de las vacaciones en su exótica isla, había tenido cada noche el mismo sueño erótico. El mismo sueño que lo transportaba a aquel paraíso tropical con todos sus recuerdos asociados.

Pero aquella noche no. El sueño había desaparecido. Algo no andaba bien. Su habitación, habitualmente tan oscura, con sus cortinas siempre cerradas, resplandecía con una extraña luz. Y no podía haber amanecido. Aún no.

Incluso aunque hubiera amanecido, no tenía por qué levantarse. Tenía el día libre. Solo unas pocas semanas de vuelta a sus actividades como detective de homicidios habían bastado para borrar todo recuerdo de sus vacaciones, pero solamente durante el día. Y ahora incluso sus sueños parecían haber vuelto a la normalidad...

Aunque aún seguía medio dormido, Steve sabía que no corría ningún peligro. El sistema de alarma altamente sofisticado que había instalado en su apartamento último modelo lo habría alertado de la presencia de cualquier posible intruso. Entonces, ¿de dónde procedía aquella luz? Gruñendo, rodó sobre su espalda y abrió los ojos. Y lo que vio le hizo incorporarse como movido por un resorte.

Tres hombres se encontraban alrededor de la cama, dos a cada lado y otro a los pies. Eran muy altos; medirían al menos más de uno noventa. Parecían cortados por un mismo patrón: hombros anchos y caderas estrechas, vestidos con ropa vaquera. Los tres con las piernas separadas y los brazos cruzados sobre el pecho, mirándolo con actitud amenazadora.

–¿Qué...? –empezó a exclamar Steve, intentando alcanzar la pistola que siempre dejaba a su alcance.

Pero no estaba allí. El hombre que se encontraba a su derecha se le adelantó para enseñarle la pistola, que estaba encima de la cómoda, antes de dejarla en su sitio. En aquel instante sí que se sintió desnudo. No tener ropa era una cosa, pero estar inerme era otra completamente distinta.

–¿Quiénes sois y qué diablos estáis haciendo aquí? –inquirió al fin.

El hombre que estaba situado a los pies de la cama, y que parecía levemente mayor que los otros, continuó mirándolo fijamente en silencio hasta que le preguntó a su vez, con un murmullo tranquilo:

–¿Tú eres Steve Antonelli?

–¿Cómo habéis conseguido entrar?

–Jim se encargó de tu sistema de alarma. Nos comentó que era algo muy sofisticado. Estamos impresionados.

Steve se frotó la cara. ¿Qué tipo de pesadilla estaba teniendo? ¿Acaso era un castigo por el sueño de alta carga erótica que había estado disfrutando? Volvió a abrir los ojos. No. Los tres tipos seguían allí, mirándolo como tres cazadores que hubieran estado contemplando su presa. Y Steve tuvo la inequívoca sensación de que «él» era su presa. Todavía nadie había realizado ningún movimiento amenazador contra su persona, pero ciertamente no tenía la impresión de que fueran a venderle cosméticos de Avon. Y sin embargo se sentía extrañamente tranquilo, a pesar de las circunstancias.

–¿Vais a decirme de una vez quiénes sois y a qué habéis venido? –preguntó de nuevo, apretando los dientes.

–Cuando tú nos digas si eres o no Steve Antonelli –replicó el que antes le había dirigido la palabra.

–Por supuesto que soy Steve. Seguro que lo habéis visto en mi buzón de correos –gritó–. ¡Y ahora decidme de una vez quiénes diablos sois y qué estáis haciendo en mi casa!

Los tres se miraron entre sí y luego a Steve. El que llevaba la voz cantante le contestó:

–Hemos venido a entregarte personalmente la invitación a la boda de nuestra hermana, la semana que viene, en Texas.

Ahora sí que estaba soñando. Tres desconocidos presentándose en su dormitorio, despertándole de madrugada... ¿para invitarle a una boda? Aquello no podía estar sucediendo. Steve se dejó caer de nuevo en la cama, enterró el rostro en la almohada y murmuró:

–Apagad la luz cuando os vayáis, ¿vale?

Se dijo que, cuando se despertara, le encantaría contarle a su amigo Ray el más ridículo sueño que había tenido en mucho, muchísimo tiempo. Se suponía que lo vería más tarde, aquella misma mañana, en su restaurante favorito de Sunset Boulevard, pero todavía faltarían un par de horas hasta que se levantara.

–Un buen intento, amigo –pronunció la misma voz, a los pies de la cama–. Pero tenemos que asegurarnos de que no faltes a la boda. ¿Qué te parece si te vistes y preparas para que te acompañemos nosotros?

Steve abrió un ojo y vio las piernas del sujeto que estaba a su lado. Aquel sueño tan particular se estaba convirtiendo lentamente en una pesadilla. Aquellos tipos seguían allí. Así que se sentó e hizo las sábanas a un lado. No se molestó en cubrir su desnudez cuando les dijo con tono formal, mientras se dirigía al cuarto de baño:

—Si me disculpan, caballeros...

Y cerró la puerta a su espalda. Apoyado en el lavabo, se miró en el espejo. ¿Qué podía haberle causado un sueño tan estrambótico y absurdo? Su cuerpo todavía presentaba los signos de su reciente estancia en una isla tropical: estaba intensamente bronceado a excepción de la zona cubierta por el traje de baño. Se frotó el estómago plano y luego se rascó el pecho, con gesto pensativo. ¿Estaría finalmente perdiendo la cabeza después de tantos años de servicio? Unas vacaciones de tres semanas de duración habrían debido bastar para despejarle la cabeza y dar un merecido descanso a su cuerpo. Y había regresado a casa para enfrentarse nuevamente con la realidad.

Parte de su rutina consistía en reunirse con Ray en su encuentro semanal. Sacudiendo la cabeza, abrió el grifo de la ducha y esperó a que el agua saliera caliente antes de meterse. Para cuando se hubo secado, afeitado y lavado los dientes, estaba ya dispuesto a reírse del absurdo sueño que había tenido y a empezar un nuevo día. Abrió la puerta del cuarto de baño y se dirigió al vestidor del dormitorio. Pero a medio camino se detuvo en seco.

Los tres tipos de su pesadilla se habían alineado frente a la puerta, bloqueándole la salida. Aquello no era ningún sueño.

—Renuncio –pronunció, alzando las manos–. Habéis ganado. Y ahora contadme quién os ha contratado para gastarme esta broma tan original. ¿Ha sido Ray? Nunca pensé que tuviera mucha imaginación, pero tengo que reconocer que la ocurrencia ha sido buena. Los tres parecéis verdaderamente tres matones de una película de vaqueros. Solo os faltan los revólveres.

El único que había hablado de los tres miró a sus compañeros.

—Es increíble. Este tipo aún sigue fingiendo que no conoce a Robin.

Steve los miró de hito en hito, incapaz de articular una sola palabra, hasta que finalmente se las arregló para preguntar:

—¿Robin? –se aclaró la garganta–. ¿Por casualidad os estáis refiriendo a Robin McAlister?

—Me alegro de que tu memoria esté mejorando. –comentó otro de los tipos, tomando por primera vez la palabra.

—No le pasa nada malo a mi memoria. Lo que no comprendo es lo que tiene que ver Robin con vosotros.

—Bueno –dijo el tercero, que también había permanecido callado hasta entonces–, es muy sencillo. Somos los hermanos de Robin y hemos venido a asegurarnos de que la semana que viene estés presente en la boda de nuestra hermana... dado que tú vas a ser el novio.

Capítulo Dos

Los Ángeles, California.
Diciembre del año anterior.

Steve entró en su apartamento, desconectó el sistema de alarma y pasó luego a la cocina, agotado. No podía recordar la última vez que había comido. Abrió la nevera y sacó una botella de cerveza, su remedio favorito para conciliar el sueño cuando tenía el estómago vacío. La luz parpadeante del contestador telefónico registraba tres llamadas y pulsó el botón de lectura.

–Hola, Steve – pronunció una voz femenina, muy sexy. Steve la reconoció en seguida: era la de Alicia–. Hace semanas que no sé nada de ti, cariño. Soy consciente de lo muy ocupado que has estado, pero te echo de menos. Llámame, ¿vale? Cuando quieras. A cualquier hora del día o de la noche –terminó con una risita maliciosa.

–Hey, Steve, amigo, llámame, ¿de acuerdo? –fue el mensaje de la siguiente llamada. Era Ray. Steve había tenido que cancelar sus dos últimas reuniones programadas.

El tercer mensaje lo inquietó. Era su padre:

–Steve, llámame cuando llegues esta noche. ¿Lo harás, por favor?

Miró su reloj. Eran más de las once. Pero su padre nunca se acostaba temprano. Levantó el auricular y marcó su número. Respondió a la primera llamada.

–¿Qué es lo que pasa? –se apresuró a preguntarle Steve.

–Eso es lo que me gustaría a mi saber –replicó Tony Antonelli.

–No sé de qué estás hablando, papá. Tu llamada parecía urgente.

–Y lo era. Estoy preocupado por ti, Steve. Has cancelado las dos últimas cenas familiares que tu madre había planeado. La de hoy era muy importante para ella. Necesito saber qué diablos te está pasando.

–Son solo cuestiones de trabajo, papá.

–Estás dejando que eso te afecte demasiado, hijo –le comentó su padre con tono suave.

–Solo tenía cinco años –se pasó una mano por la frente–. Cinco. La niña estaba jugando en su jardín cuando fue víctima de un tiroteo entre bandas. Voy a cazarlos, papá. No importa el tiempo que tarde.

–Lo comprendo, de verdad que sí. Y admiro tu dedicación, pero, hijo, tienes que tomarte algún respiro si no quieres acabar mal... Sé que no estás comiendo ni durmiendo bien. Tienes que hacer algo para escapar de esta dinámica en la que has caído últimamente.

–Ya lo sé.

–Se suponía que hoy era tu día libre, ¿no?

–Sí.

–¿Y cuándo fue la última vez que disfrutaste de un día libre?

–No puedo recordarlo.

–Ajá. ¿Y si te tomas alguno por Navidad? Solo faltan dos semanas. ¿Podemos contar con que vendrás a vernos?

–Estaré allí –sonrió Steve–. Te lo prometo.

–Bien. Te quiero, hijo.

–Yo también, papá –repuso antes de colgar.

Subió las escaleras dejando un rastro de ropa a su paso hasta llegar al cuarto de baño del dormitorio. Permaneció durante un buen rato bajo el chorro de agua caliente de la ducha, se secó y se fue a la cama. Su último pensamiento fue que realmente necesitaba volver a llevar una vida normal.

Austin, Texas.

–Solo piensa en ello, Robin, diez días para olvidarte de todo –le dijo Cindi Brenham con un suspiro de anhelo–. Diez días enteros de crucero por el Caribe sin nada que hacer excepto disfrutar de una comida deliciosa y flirtear con hombres estupendos. Romperemos sus corazones, tomaremos el sol y luego volveremos aquí para terminar con el último semestre antes de la graduación. Enfrentémoslo: nos debemos una pequeña diversión durante nuestro descanso.

Cindi se hallaba sentada frente a Robin McAlister en la terraza de una pequeña cafetería cercana al campus de la Universidad de Texas. A pesar de que estaban a mediados de diciembre, hacía una mañana cálida y soleada. Robin observó detenidamente a su amiga y compañera de apartamento. A veces se preguntaba cómo era posible que dos personas de aspecto y carácter tan distintos como ellas fueran tan buenas amigas. Porque lo eran ya desde su primer día de colegio en Cielo, una pequeña ciudad al Oeste de Texas. Desde entonces siempre habían conservado su relación, a través del instituto, y nadie se había sorprendido de que hubieran escogido matricularse en la misma universidad.

Cindi pretendía licenciarse en Informática, mientras que Robin había puesto sus objetivos en Relaciones Públicas. Ya habían pasado los últimos dos veranos haciendo prácticas en esos dos campos y estaba previsto que abandonaran el campus en pocos meses. Mientras tanto, estaban impacientes por romper la rutina de las clases para empezar algo completamente distinto.

–Es demasiado bueno para que sea cierto, Cindi –suspiró Robin–. ¿Estás segura de que entendiste correctamente lo que te dijo tu madre?

Cindi asintió con la cabeza, sacudiendo su rizada melena morena.

–La tía Nell compró dos billetes para un crucero que zarpará el cinco de enero para volver el quince, pero el tío Frank se encuentra en el hospital recuperándose de un ataque cardíaco. Ellos no pueden ir, y ya es demasiado tarde para recuperar el dinero. Es una perfecta oportunidad para nosotras.

Aquello le pareció maravilloso a Robin. Una ocasión perfecta para evadirse por un tiempo... La idea de escapar de sus tres hermanos, siempre tan excesivamente protectores con ella, le resultaba cada vez más seductora. Amaba a su familia, por supuesto. Sus padres eran extremadamente cariñosos y generosos. Robin se sentía agradecida de haber heredado la alta estatura de su madre, su esbelta figura, su cabello rojo y sus ojos verdes. De soltera su madre había sido una famosa modelo, y la propia Robin había recibido numerosas ofertas para dedicarse a esa profesión desde que salió del colegio. Por supuesto, para entonces ya había sido lo suficientemente prudente como para no mencionarle esas ofertas a su familia, sobre todo a su padre.

Robin no había podido imaginar, al llegar a la adolescencia, que su cariñoso y bondadoso papá se convertiría de repente en un ceñudo y posesivo cancerbero. Y lo que era peor: conforme ella siguió creciendo y madurando, entrenó a sus hermanos para que la vigilaran como tres feroces ángeles guardianes. Jason, con veintiocho años, era el mayor, y se llamaba igual que su padre. Jim contaba veinticinco y Robin casi veintidós. Josh, con diecinueve, era el benjamín. Robin había esperado que sus hermanos relajaran su vigilancia una vez que entrara en la facultad, pero no había sido así. En aquel entonces Jim todavía seguía en la Universidad de Texas. Para cuando se graduó, Josh ya había asumido el papel de macho protector en la vida de su hermana. Lo suficiente como para que Robin decidiera escapar de aquel acoso y cometer locuras de vez en cuando. Como la de irse de crucero por el Caribe en pleno invierno.

–Entonces, ¿qué me dices? –le preguntó Cindi, impaciente–. ¿No crees que sería un descanso perfecto después de tantos meses de estudio?

–No solo eso –asintió Robin–, sino que no habría forma humana de que alguno de mis hermanos consiguiera un billete a estas alturas. Así tendría la oportunidad de hacer algo sola, sin que nadie me vigilara o ahuyentara a cualquier candidato a salir conmigo, que es lo que han venido haciendo durante los últimos años.

–¿Entonces irás? –inquirió Cindi–. Le dije a mamá que la llamaría esta noche para darle una respuesta.

–¿Pero qué le diré a mi familia? A mi padre no le gustará nada la idea –pronunció Robin, reflexionando en voz alta.

–Pues entonces espera a decírselo hasta justo antes de la partida. Y aunque sea tarde, sabrá exactamente a dónde vas y con quién. Además, ¿qué podría ser más seguro que un crucero? En todo caso, ya eres una mujer adulta. Tendrá que darte el certificado de libertad en algún momento.

–Oh, oh –exclamó Robin escéptica–. Por lo que a mi padre respecta, sigo siendo el bebé que cargaba en brazos o que montaba con él en su caballo. Es sorprendente que mis hermanos no me odiaran por la cantidad de mimos que recibía.

–Ese es un detalle muy dulce... –sonrió Cindi–. Detrás de ese exterior huraño, tu padre es un pedazo de pan. Nunca fue capaz de negarte algo durante mucho tiempo. Se rinde al primer brillo de lágrimas que detecta.

–¿Piensas entonces que es mejor que espere a decírselo hasta justo antes de que nos marchemos?

–En efecto. Así no tendrás que aguantarlo demasiado. Para cuando vuelvas, ya se habrá calmado totalmente. Quizá.

–Ya –rio Robin–. Así es mi padre.

–Así también dispondremos de tiempo para comprarnos ropa adecuada. ¡Oh, Robin! ¡Nos lo vamos a pasar de maravilla! ¡Visitar las islas del Caribe!

–Ojalá no nos mareemos...

Cindi se levantó y le dejó a la camarera una propina encima de la mesa.

–Bueno, estamos a punto de averiguarlo, ¿no?

Santa Monica, California.
28 de diciembre.

–Reconócelo, Steve –le dijo Ray cuando salían de la pista después de haber jugado su último partido de tenis–. Trabajas demasiado y no estás en buena forma física. No puedo creer que hayas perdido este último juego –le dio unas palmaditas en la espalda–. Nunca creí que llegaría el día en que pudiera ganarte de una forma tan aplastante. Amigo, ya no eres el que eras...

–Para ya, Cassidy. Simplemente he tenido un

13

mal día. Ya verás la próxima ocasión. Entonces te recordaré quién soy.

—Quizá, pero si quieres un consejo, lo que ahora necesitas es tomarte unos días libres... unas vacaciones.

Steve se enjugó el sudor del rostro con la toalla, antes de agarrar la botella de agua y beberse la mitad sin respirar. Luego miró a su alrededor, aliviado, admirando la forma en que las altas palmeras se recortaban contra el intenso azul del cielo.

—Me estás ignorando —le reprochó Ray al cabo de unos minutos.

—Qué va. De hecho, estoy pensando en lo que acabas de decirme. Y da la casualidad de que estoy de acuerdo contigo.

—¿A qué parte te refieres? ¿A lo de que estás bajo de forma o a lo de que necesitas unas vacaciones?

—A las dos cosas. Resulta que un viejo amigo de mi padre fue a visitarlo con su familia a Santa Barbara cuando yo estuve allí la semana pasada. Precisamente me aconsejó que me tomara unos días libres para visitar su isla en las Islas Vírgenes...

—¿«Su» isla? ¿Estás hablando en serio? ¿Posee una isla entera?

—Solía jugar al béisbol con papá, y decidió invertir el dinero ganado y retirarse a un lugar exótico y tranquilo. Me comentó que su mujer y él duraron allí cerca de nueve meses hasta que se dieron cuenta de que no estaban hechos para vivir en un edén semejante, sin comodidades, ni comunicaciones, ni supermercados... —comentó, irónico—. Ahora solo utilizan la casa para pasar allí algún fin de semana, pero la mayor parte del tiempo solo vive en ella una familia nativa que se la cuida. Me dijo que la casa estaba esperándome, pidiendo a gritos que la dieran algún uso.

—¿Cómo es que mi familia no conoce a nadie

que posea alguna isla? –exclamó Ray con una sonrisa–. ¿Piensas aceptar la oferta?

–Sí. Es más, ayer hablé con el capitán para pedirle algunos días. Después de las vacaciones volveremos a ocuparnos del caso.

–Ojalá pudiera acompañarte... pero hasta mayo no tengo vacaciones.

–La verdad es que pretendía irme solo –le confesó Steve, recogiendo su bolsa–. Cuanto más pienso en ello, más me atrae la idea de pasar una temporada en absoluta soledad. No tener que hablar con nadie, levantarme a la hora que quiera, disfrutar de la lectura, tomar el sol...

–Haciendo ese papel de Robinsón Crusoe... ¿no echarás de menos algo de compañía femenina?

Steve se echó a reír, sacudiendo la cabeza.

–Eso es lo último que me apetece. Creo que finalmente pude convencer anoche a Patricia de que nuestra relación no tenía ningún futuro, a pesar de sus esfuerzos por persuadirme de lo contrario. La soledad me parece de lo más atrayente después de mi experiencia con ella durante los últimos meses.

–Es una pena que no puedas complementar tu buena apariencia con mi personalidad vital y chispeante –comentó Ray–. Reconócelo, amigo. No aprovechas debidamente tus encantos.

Steve miró el rostro salpicado de pecas y el pelo rojo de su amigo, sonriendo. Ray era un imán para las chicas, y lo sabía.

–Dame un respiro. No puedo competir contigo.

–Tal vez –admitió Ray, encogiéndose de hombros–. Pero a tu favor tienes ese aspecto de italiano, y ese aire distante, para no hablar de esos hoyuelos en las mejillas y de ese pelo rizado. Con todo eso logras atraerlas sin que te des cuenta. Como ahora –añadió, pesaroso.

–¿De qué estás hablando? –le preguntó Steve, frunciendo el ceño.

–De esas dos que nos están mirando ahora mismo –respondió su amigo, señalando con la cabeza a las dos jóvenes que estaban abandonando la pista detrás de ellos–. No te han quitado el ojo de encima durante el último set.

–Muy gracioso.

–¿Sabes, Steve? Uno de estos días vas a perder ese corazón tuyo tan acorazado que tienes, y cuando te pase, descubrirás lo que sentimos el resto de los mortales –sonrió–. Espero estar cerca para verlo cuando suceda.

–Ya te lo he dicho, Ray. Ser poli no te permite conservar relaciones sentimentales. Cada tipo casado con quien trabajo o está punto de divorciarse o tiene broncas constantemente en casa debido a los turnos o el peligro de la profesión, para no hablar del mezquino sueldo.

–Pues cambia de empleo.

–Me gusta lo que hago. La mayor parte del tiempo. Pero desde Navidad he estado pensando seriamente en tomarme un descanso. ¿Qué es lo que tiene el verano para que se produzcan tantos delitos? Creo que nunca me acostumbraré a la inhumanidad del ser humano para con su prójimo.

–Yo espero que no, desde luego. De otra manera dejarías de ser el gran policía que eres.

–Eso díselo a mi jefe –cuando llegaron a sus coches, Steve se volvió hacia su amigo antes de subir al suyo–. Ya te avisaré si por fin me voy de viaje. Y cuando vuelva, recuerda que me debes la revancha.

–Prométeme que no te llevarás una raqueta al viaje.

–¿Y con quién podría jugar al tenis en una isla desierta? –rio Steve–. Estaré tan aislado que ni siquiera podré enviarte una postal.

–¿Sabes? Es la primera vez que te oigo reír en mucho tiempo –le confesó Ray, poniéndose repentinamente serio–. Me encantará ver que recuperas tu sentido del humor.

Miami, Florida.
5 de enero.

–Oh, Robin, esto es horrible –susurró Cindi con gesto dramático, acodadas las dos en la barandilla del barco y viendo cómo los otros pasajeros del crucero subían a bordo.

–Bueno, no es exactamente lo que esperábamos, ¿verdad? –repuso Robin, compungida.

–Yo todavía no he visto a nadie que baje de los sesenta años, ¿y tú?

–Supongo que tus tíos pertenecerían a algún club de la tercera edad o algo así...

–Nunca se me ocurrió esa posibilidad –respondió Cindi–. ¿Qué vamos a hacer?

–Disfrutar de nuestra mutua compañía –rio Robin–. Eso es lo que vamos a hacer. Vamos a ponernos toda nuestra ropa nueva, la más sexy, a comer hasta que no podamos más y a entretenernos soñando con los hombres más guapos del mundo.

Cindi echó un vistazo sobre su hombro:

–Bueno, lo cierto es que he visto a algunos miembros de la tripulación que no están muy mal. ¿Quién sabe? Quizá se apiaden de nosotras. ¿Has notado que no hay ninguna mujer sola? Todas vienen acompañadas de hombres.

–Quizá entonces sabían algo que nosotras ignorábamos. Tal vez consiguieron un folleto especial que les advirtió de que se presentaran con su propio acompañante masculino.

–Como una de esas fiestas a las que te llevas la bebida de casa, ¿no?

–Algo parecido.

Se miraron la una a la otra y se echaron a reír. Todavía estaban riendo cuando un miembro de la tripulación se detuvo a su lado y se dirigió a ellas:

–Me alegro de ver que ya están empezando a divertirse. Si desean tomar algún refresco, les indicaré el camino a la cafetería y al comedor.

Robin lanzó a su amiga una rápida mirada antes de comentar:

–Eso suena estupendo.

Mientras seguían al asistente, Robin no pudo menos de reírse de la ironía de su situación. Ni su padre ni sus hermanos podían tener motivo alguno para temer por ella en aquel viaje.

San Saba Island.

Steve admiraba desde la playa las primeras luces del alba, sintiendo cómo su cuerpo se iba liberando de la tensión acumulada. Llevaba allí solo tres días, y la isla estaba empezando a obrar aquel milagro. El único sonido era el relajante murmullo de las olas acariciando la costa. Una gaviota llamaba de vez en cuando a su pareja. Y otra vez el silencio.

El silencio había sido la principal diferencia a la que había tenido que adaptarse. No había ruido alguno de tráfico. Y no podía recordar ni una sola ocasión de su pasado reciente en la que ese ruido no hubiera jugado un papel en su vida. Se volvió y alzó la mirada hacia la colina que se levantaba detrás, donde la casa se encontraba encaramada con espléndidas vistas del mar y del cielo. Ningún gasto había sido escatimado a la hora de convertir la casa en un paraíso tropical.

El primer día que llegó, después de volar toda una noche de Los Ángeles a Miami, viajar luego a

St. Thomas y luego tomar una lancha a la isla de San Saba, Steve no hizo otra cosa que dormir para recuperar el sueño atrasado. Nada más levantarse se dedicó a recorrer la casa, revisando cada habitación y admirando la sensación de serenidad y placidez que imperaba en ella, como si se hallara situada fuera del tiempo. Encontró un buen surtido de comestibles en la nevera, con verduras y fruta fresca. Fue Carmela quien le preparó la comida; Romano, su marido, se había encargado de ir a recogerlo en lancha a St. Thomas para llevarlo a la isla. Formaban una feliz pareja, satisfecha con su vida, y se mostraron encantados de acoger a Steve.

De camino a San Saba, Romano le había explicado brevemente la historia de la isla. Le había relatado que, incluso desde su punto más alto, no podía verse ninguna de las otras tres con las que formaba cadena, la sarta de joyas verdes sobre terciopelo azul que Steve había admirado desde el avión. Estaría solo, por vez primera en su vida, para hacer lo que se le antojara, o para no hacer nada, si así lo prefería.

Desde que llegó a la isla había visto muy poco a sus cuidadores, aunque siempre tenía la comida esperándole y la ropa limpia y planchada en el armario de su dormitorio, cada día sin falta. En esas condiciones, cualquier persona se acostumbraría con placer a una existencia semejante.

En aquel instante su estómago gruñó y Steve rió entre dientes. Carmela era una fantástica cocinera, y su cuerpo se había acostumbrado rápidamente a las apetitosas comidas que regularmente le preparaba. Romano le había explicado que solía viajar periódicamente a St. Thomas en busca de provisiones. A ese ritmo, Steve no se sorprendería si engordaba por lo menos cinco kilos para cuando regresara a Los Ángeles.

Una vez que el sol asomó por el horizonte, reflejándose sobre el mar, Steve se dispuso a volver a la mansión. Después de desayunar tenía intención de explorar un poco la isla y dormir una buena siesta.

Robin y Cindi iban ya por el tercer día de su crucero de diez cuando el director de actividades anunció que todos los pasajeros estaban invitados a abordar las lanchas para visitar una isla cercana, que era bien conocida por sus pozas marinas naturales y por su rica y variada flora.

Cindi no estaba muy interesada en la flora marina, pero Robin pensó en el último momento que sería interesante integrarse en el pequeño grupo de voluntarios. Guardó en su pequeña bolsa de playa otro traje de baño, además del que llevaba puesto debajo de su camisa y sus pantalones cortos, una toalla grande y un poco de ropa por si acaso refrescaba para cuando volvieran al barco, y corrió a incorporarse al grupo de excursión. Aunque no se había apuntado, y por tanto no figuraba en la lista de visitantes de la isla, estaba segura de que eso no importaría.

De camino a la isla, un oficial le explicó que pertenecía a un americano, que había permitido el libre acceso al crucero siempre y cuando se limitara a su costa norte. La residencia privada se encontraba en el otro extremo de la isla, en una zona prohibida a las visitas. A Robin no le importó. Le apetecía dejar el barco por algunas horas. No podía dejar de experimentar una cierta sensación de encierro a bordo, a pesar de que el lujoso transatlántico era enorme. Una vez en tierra, Robin siguió a los demás mientras el oficial les explicaba las curiosidades de la flora y fauna marinas.

Cuando terminó, el grupo se dispersó para explorar la zona.

Robin perdió el sentido del tiempo abismada en la contemplación de las preciosas pozas. Escaló por las rocas y recorrió los márgenes donde la arena y el mar se encontraban, admirando la actividad de las diminutas especies animales. Cuando oyó la campana del barco avisando el regreso, descubrió sobrecogida que se había alejado mucho más que los demás. Agarró su bolsa y echó a correr, trepando por los resaltes rocosos que se interponían entre ella y la playa donde presuntamente estaban volviendo a embarcar sus compañeros. Tuvo la mala suerte de resbalar y tropezar, lastimándose en el pie y el tobillo, lo cual retrasó aún más su carrera.

Cuando finalmente llegó a la playa, se quedó aterrada al ver que la lancha ya había zarpado y estaba desapareciendo rápidamente en el horizonte.

–¡Nooooo! –gritó–. ¡Vuelvan! ¡Ayuda! –corrió algunos metros por la playa, agitando los brazos, pero nadie la vio.

Ya había sido advertida, por supuesto. El barco seguía un programa muy rígido. A los pasajeros se les recordaba repetidas veces que no esperarían a ninguno en caso de retraso. Además, como Robin no figuraba en la lista, no se habían quedado a esperarla ni siquiera unos minutos. ¿Qué podía hacer? Miró a su alrededor, contemplando la idílica belleza de aquel paisaje. Por desgracia, en la tesitura en que se encontraba no podía apreciarla.

Se sentó en la arena y estalló en sollozos de frustración y rabia consigo misma. ¿Cómo podía haber sido tan distraída? Había sido una completa estúpida, y ahora tenía que pagar las consecuencias. Al menos sabía que alguien poseía una casa en la isla, si acaso podía encontrar la fuerza y el coraje necesarios para buscarlo. No se encontraba en una isla completamente desierta en la que tuviera que sobrevivir a partir de la nada. Incluso si los pasajeros del crucero tenían prohibido molestar al propietario, estaba segura de que el hombre comprendería su situación y la ayudaría de algún modo. Empezó a caminar mientras se hacía esas reflexiones. No había razón para dejarse llevar por el pánico, después de todo. Podría salir con bien de aquel brete. A pesar de todo, se sentía agradecida de que ninguno de sus hermanos supiera lo que le había sucedido. Si llegaban a averiguarlo, y ella pensaba hacer todo lo posible para impedírselo, se aprovecharían de aquella experiencia para echarle el sermón de siempre: que no podían dejarla sola sin que se metiera en problemas.

Capítulo Tres

Steve ya llevaba siete días enteros en la isla y tenía que admitir que no estaba muy seguro de que alguna vez quisiera volver a la civilización. No había tomado conciencia de lo mucho que se había obsesionado con su trabajo hasta que se adaptó a su nuevo programa de ocio. Se levantaba al amanecer, pasaba el día fuera nadando, leyendo o sesteando, y se acostaba no mucho después de la caída del sol. Se decía que eso era lo que todo ser humano debía hacer: vivir de acorde con los ritmos de la naturaleza. Comía cuando tenía hambre, dormía cuando estaba cansado y no había mirado un reloj desde que llegó a la isla.

Por primera vez desde hacía mucho tiempo, se despertaba cada mañana con ganas de empezar un nuevo día. En aquel instante, cuando estaba coronando uno de los lugares más altos de la cara norte de la isla, Steve comprendió que debería estarle eternamente agradecido a Ed por haberle ofrecido la posibilidad de vivir allí. De repente se detuvo, creyendo haber visto algo en el horizonte. Lo enfocó con sus binoculares y sonrió. Su primer signo de existencia de civilización desde que llegó: un crucero de lujo apareció ante sus ojos, perdiéndose en la distancia.

Steve recordó que Ed le había mencionado un acuerdo al que había llegado con una de las líneas de cruceros de la región, por el cual sus pasajeros podían visitar la isla durante unas pocas horas cada dos semanas. Ed le había asegurado que no lo molestarían. En aquel momento sintió curiosidad por saber si habría tenido alguna visita recientemente o si tendría que esperar alguna durante las siguientes horas. Oteó la playa, pero a primera vista no vio a nadie. Durante unos minutos se dedicó a contemplar el mar con sus prismáticos intentando descubrir algún delfín. Le fascinaba el mar.

Poco después detectó por el rabillo del ojo un movimiento en la playa. Miró nuevamente con los binoculares. Allí, frente al océano podía ver a una esbelta joven vestida con camiseta y pantalones cortos, tocada con una ancha pamela. Una bolsa colgaba de su hombro. Parecía la viva imagen del desánimo y del abatimiento. Volvió a enfocar el crucero y descubrió una pequeña lancha a punto de abordarlo. La situación parecía obvia. Por alguna razón aquella mujer había perdido la lancha y se había visto imposibilitada de regresar al crucero. La habían dejado abandonada en la isla.

Se sorprendió al descubrir que no estaba tan irritado como habría imaginado en un principio al haber visto turbadas sus solitarias vacaciones por aquella intrusión. Como Adán en el jardín del Edén se había resentido de su soledad, un hecho que no se había manifestado hasta que vio a aquella mujer abandonada en la playa. Mientras se hacía esas reflexiones, descubrió que el crucero se alejaba hasta perderse en el horizonte. Efectivamente: aquella mujer se había quedado abandonada a su suerte en la isla, al menos por el momento. De pronto la joven se volvió lentamente y examinó la isla, alzando la cabeza de manera que Steve puso ver su rostro, hermoso y de rasgos finos.

El corazón empezó a latirle aceleradamente. No era una buena señal. Era extraño, porque nunca antes había experimentado una reacción tan inmediata e intensa ante la simple vista de una mujer, por muy atractiva que fuera. Después de todo, ¡no llevaba tanto tiempo en la isla!

Sabía que sonaba demasiado cursi afirmar que parecía un ángel, pero ese fue el primer pensamiento que se le pasó por la cabeza. Tenía el cabello de un color rojo fuego y los ojos claros, brillantes por las lágrimas. Indudablemente, se trataba de una damisela en apuros. «Bueno, Steve, aquí tienes una oportunidad de jugar el papel de héroe», pensó. Ahora que había podido observarla mejor, no estaba muy seguro de querer renunciar a la plácida existencia que había disfrutado hasta ese momento. Había estado viviendo una vida demasiado cómoda, afeitándose cuando le apetecía, vestido durante todo el día solo con un bañador, como para empezar a tener que tomar en cuenta los caprichos de otra persona. Y, según su experiencia, cuanto más atractiva era una mujer, más fácilmente esperaba que sus caprichos fueran satisfechos, toda vez que su belleza la dotaba de una especial consideración. Esa actitud siempre lo había irritado y esperaba fervientemente que aquella joven no fuera una *prima donna* que fuera a desahogar su irritación en él porque había perdido su barco...

Suspiró. En todo caso, no podía dejarla abandonada en la playa, así que lo mejor que podía hacer era bajar y darse a conocer. Dado que no había ningún sendero que bajara desde aquella colina, tendría que retroceder y seguir por la línea de playa hasta donde ella se encontraba. De todas formas aquella joven no iba a ir a ninguna parte, eso era seguro.

Robin se sentía como una estúpida. ¿Cómo podía haberse alejado tanto de los demás sin darse cuenta? ¿Cómo podía haberse despistado tanto de la hora que era? Buscó cobijo a la sombra de los árboles y se sentó. Necesitaba pensar muy bien lo que iba a hacer. Después de quitarse la pamela, se enjugó el sudor de la frente y las lágrimas que le corrían por la cara. Carecía de sentido culpar a nadie que no fuera ella misma: tenía que dejar de autocompadecerse y pensar en una forma de acceder al propietario de la isla y pedirle ayuda.

Se dedicó a mirar lo que llevaba en su bolsa, por si había algo que pudiera ayudarla en aquella apurada situación. Crema de protección solar. Dado que nunca iba a ninguna parte sin su crema, se alegraba de haberla traído consigo. De su madre había heredado una piel muy fina que necesitaba del protector contra el sol más eficaz que había en el mercado. A pesar de ello, durante los últimos días se había bronceado más que nunca, un atractivo que hubiera podido servirle en la escala de algún puerto, donde quizá habría conocido a algún joven alto y moreno que...

Pero no. El único problema era que en el escenario en el que actualmente se encontraba, era muy improbable que pudiera conocer a alguien. Si recordaba correctamente el itinerario del crucero, el barco no volvería a pasar por la misma ruta hasta después de una semana, ya de regreso. ¿Y si no se detenía a hacer una nueva visita a la isla durante el camino de vuelta? ¿Y si se quedaba atrapada allí para siempre? De acuerdo, tuvo que reconocer que lo de «para siempre» era un poco exagerado. Tuvo que recordarse que tenía que haber una casa en alguna parte de la isla. Una casa habitada por gente a la que pedir ayuda.

Siguió rebuscando en su bolsa. La camisa que había traído estaba doblada dentro, junto con unos pantalones, un impermeable y otro traje de baño. Oh, estupendo. Nada de ropa interior. Un peine, algunos cosméticos, su pequeño cepillo de dientes y pasta dental. En el fondo encontró comida; una manzana, una pera, dos naranjas, dos barras de chocolate y una botella de agua. Eso debería servir para mantenerla alimentada por lo menos durante... unas tres o cuatro horas. ¿A quién quería engañar? Estaría atrapada en la isla durante un número indeterminado de días. Y ciertamente no disponía de provisiones para sobrevivir sin conseguir antes ayuda. Se levantó con un suspiro resignado, colgándose la bolsa del hombro. Podía superar esa situación. Era fuerte. Confiaba en sí misma. Después de aquella pequeña sesión de autoconvencimiento, empezó a caminar hacia el sur.

De repente detectó un movimiento a lo lejos. Un hombre caminaba rápidamente hacia ella por la playa, muy cerca del agua. Por un segundo Robin sintió el abrumador impulso de esconderse entre la maleza de la costa, antes de que se impusiera su sentido común. El gesto decidido de aquel hombre indicaba que ya la había visto y que se dirigía a su encuentro. Se puso sus gafas de sol: de ese modo se sentiría más segura cuando tuviera que hablar con él. Su madre siempre le había dicho que sus ojos traicionaban continuamente sus pensamientos. Y no tenía intención de dejar que aquel desconocido adivinara lo que pensaba. Especialmente lo que pensaba sobre él.

Conforme el hombre se iba acercando, el pulso de Robin se aceleró. Si se trataba de un buen representante de los nativos de aquella isla... tenía que reconocer que estaba verdaderamente impresionada. Por única vestimenta llevaba unos pantalones cortos muy ceñidos a los muslos, que destacaban cada músculo. Estaba muy bronceado por el sol. Sus anchos hombros contrastaban con su estrecha cintura y...

Allí estaba ella, con la mirada fija en su única prenda de ropa. Robin se apresuró a bajar la vista a sus musculosas piernas, y advirtió que llevaba zapatillas de marinero.

–Parece que se ha perdido –fueron sus primeras palabras cuando se detuvo frente a ella.

Robin continuaba mirándolo. No podía evitarlo; no había dejado de hacerlo desde la primera vez que lo vio. No era el primer hombre atractivo que veía, entonces... ¿qué le estaba sucediendo? Debía de tener unos treinta y pocos años. La experiencia le había dejado unas finas arrugas en torno a sus ojos y boca. Tenía los ojos oscuros. El cabello negro y rizado daba un aire juvenil a un rostro demasiado serio, aparentemente poco habituado a sonreír.

Robin, por su parte, sonrió, esperando relajar la tensión que habían originado su frío comentario.

–«Perdida» no es la palabra exacta. «Abandonada» sería más preciso.

–¿Viajaba usted en el crucero? –señaló con la cabeza hacia el mar.

–Sí.

–Y perdió la lancha.

–En efecto.

Robin dejó de sonreír al ver que él no añadía nada. Seguía muy quieto, con las manos apoyadas en las caderas y las piernas separadas, mirándola como si fuera una especie animal no identificada que acabara de descubrir en la playa.

–Yo... esto... supongo que usted será el propietario de la isla –comentó al fin.

–No –contestó con tono risueño–. Solo estoy de visita.

–Oh. Bueno. ¿Por casualidad no tendría algún teléfono que pudiera utilizar?

El hombre sonrió, y Robin se disgustó consigo

misma por encontrarlo tan atractivo. Tenía una sonrisa mortal, aún más potente porque era la primera vez que la usaba con ella.

–¿Q quién quiere llamar? –le preguntó con genuina curiosidad.

Era una buena pregunta.

–Bueno, quizá podría ponerme en contacto con el barco. Al menos necesito decirle a mi compañera de viaje que no me he ahogado. Luego quizá pueda pensar en el siguiente paso.

–Claro. Vamos –se volvió y empezó a andar–. La llevaré a la casa. Está en el otro extremo de la isla. Espero que le guste caminar.

No se molestó en asegurarse de si lo seguía o no, un gesto que Robin juzgó bastante grosero. No era, sin embargo, la ocasión más adecuada para darle una lección de buenos modales. Tuvo que correr para alcanzarlo.

–¿Lleva mucho tiempo allí? –le preguntó.

Robin esperó, pero él no añadió nada más. Caminaron durante un rato en silencio hasta que se atrevió a comentarle:

–No es usted un gran conversador, ¿eh?

Sin aminorar el paso o volverse para mirarla, explicó:

–He venido aquí para escapar de la gente.

–Oh. Entonces siento molestarlo tanto.

–No lo está haciendo.

Quizá no, pensó ella, pero le estaba dejando muy claro que su presencia en la isla no era algo que le encantara precisamente. Al menos tenían eso en común. El desconocido siguió caminando con rapidez. Para cuando llegaron al sendero que ascendía hasta la casa Robin ya estaba sin aliento, pero aun así se negaba a pedirle que redujera el paso.

Al terminar de subir, se detuvo y contempló admirada la casa. Era de un solo piso, pero con varios niveles que se adaptaban a la ladera del acantilado. Imaginaba que la vista desde aquellos ventanales debía de ser espectacular. Quienquiera que hubiese construido aquella mansión, no le había faltado el dinero. Una vez en el patio, con sus cómodas tumbonas y mesas de jardín, estuvo a punto de dejarse caer en alguna de las sillas, agotada. Pero en lugar de ello lo miró, esperando su siguiente movimiento, que no tardó en llegar.

—¿Conoce el número telefónico del barco?

Robin se preguntó por qué aquel hombre siempre la hacía sentirse como si fuera una completa estúpida.

—Bueno, yo... La verdad es que no.

Frunciendo el ceño, se le acercó y la miró detenidamente.

—Será mejor que tome asiento antes de que se caiga. Está usted roja y acalorada.

A Robin se le ocurrieron varias respuestas a su comentario, pero prefirió sentarse en silencio mientras él desaparecía en el interior de la casa. Cerró los ojos. Si alguien le hubiera dicho, cuando empezó aquel crucero con Cindi, que terminaría abandonada en una isla con un hombre de expresión severa y una sonrisa que quitaba el aliento... jamás le habría creído. ¿Acaso no habían fantaseado las dos con todos los hombres atractivos que habrían debido encontrar en el crucero? Habían intercambiado sus expectativas al respecto, con la esperanza de vivir alguna breve aventura, nada serio ni permanente... Bueno, pues allí había un hombre que podía haber salido de cualquiera de esas febriles fantasías, y Robin no sabía ni qué decir ni cómo comportarse, como si fuera una tímida e inexperta colegiala...

Aquello era tan violento y embarazoso... Había terminado estropeándole las tranquilas vacaciones a aquel tipo. Debía volver lo antes posible al barco.

Tenía que haber una manera... Ese hombre debía de contar con algún medio de transporte... si acaso se lo ofrecía. Oyó el sonido de una puerta corredera al abrirse y alzó la mirada. Su salvador se dirigía hacia ella, seguido de una mujer que sostenía una bandeja con unos refrescos.

–Aquí tiene, señorita –le dijo la mujer, dejando la bandeja sobre una mesa cercana y ofreciéndole un vaso alto de un líquido rosado con hielo.

Robin tomó un sorbo y suspiró satisfecha. Aquel refresco de frutas era justamente lo que necesitaba.

–Muchas gracias –pronunció agradecida. Sonriendo, la mujer se marchó.

–Creo que al menos deberíamos presentarnos –dijo el hombre, sentándose cerca de ella–, dado que parece que vamos a tener que convivir durante unos días.

Fue una desgraciada casualidad que Robin estuviera bebiendo precisamente en ese momento, ya que al oír aquello se le derramó parte de la bebida en la camiseta y empezó a toser. El hombre se levantó de inmediato y empezó a darle golpecitos en la espalda.

–Por favor, ya estoy bien –mintió.

Cuando se sentó y la miró de nuevo, sacó una servilleta de papel de una caja y se la tendió. Robin consiguió dejar el vaso sobre la mesa cercana sin derramarlo y aceptó la servilleta, enjugándose las lágrimas de los ojos y secándose la mancha.

–¿Se encuentra bien? –le preguntó minutos después, observándola detenidamente.

–¿Qué quería decir con eso de que vamos a tener que convivir?

El desconocido sonrió de nuevo, lo cual no le pareció para nada justo. Verdaderamente tenía una sonrisa mortal que encontraba absolutamente turbadora.

–¡Oh! ¿Es eso lo que le ha sorprendido? No era mi intención decir nada que la molestara. Dado que esta es la única casa de la isla, no creo que tenga mucha elección. Pero no se preocupe, hay por lo menos media docena de habitaciones, y tendremos a Carmela y a Romano para evitar que nos quedemos solos, si le preocupa que podamos vernos envueltos en una situación comprometida.

Robin se esforzó por conservar una actitud digna, algo que resultaba algo difícil teniendo en cuenta las circunstancias.

–No estaba preocupada. Supongo que contaba con poder salir de la isla sin pasar siquiera una sola noche aquí.

–Eso no es posible. Romano tal vez podría llevarla a St. Thomas por la mañana, pero creo que eso no la ayudaría en nada a localizar su barco. ¿Era esa alguna de sus escalas?

–Me temo que sí, pero en el viaje de regreso –explicó, abatida.

En ese instante él le tendió la mano, presentándose:

–Soy Steve Antonelli, de Los Ángeles.

–Robin MacAlister, de Texas –se la estrechó tras una leve vacilación.

–Ya sabía yo que eras de Texas –comentó, tuteándola.

–¿Por qué? –arqueó las cejas.

–Por tu manera de hablar. Tengo una vecina que es de allí. Tú hablas igual que ella –al momento cambió de tema–. Recuerdo que comentaste que querías contactar con tu compañera de viaje. Me sorprende que no te acompañara en la visita a la isla.

–La verdad es que no le interesaban las pozas marinas –explicó Robin, retorciéndose las manos y bajando la mirada–. Ojalá yo tampoco hubiera estado interesada en ellas.

32

–Entremos en la casa, a ver si podemos localizar por teléfono a alguien del barco. ¿Te parece bien? –cuando ella asintió, la guió a un espacioso comedor con ventanales altos hasta el techo en todas las paredes. La vista era espectacular, casi como si estuvieran al aire libre.

–Tienes una casa fantástica –comentó. Podía distinguir un comedor tras una puerta en forma de arco, y un pasillo enfrente, que parecía llevar a la otra ala del edificio.

–Pertenece a un amigo. Soy muy afortunado de poder estar aquí.

–Desde luego.

–Si me disculpas, voy a buscar mi móvil. Por favor, siéntate –la invitó, y abandonó la habitación.

Robin se quitó la pamela y la dejó sobre una mesa cercana. Cuando se miró en el espejo al otro lado de la mesa, esbozó una mueca. Tenía la nariz colorada, la trenza casi deshecha y la ropa húmeda y arrugada. No le extrañaba que aquel hombre no se hubiera sentido nada atraído por ella... ¡Cindi se habría muerto de la risa de haber estado presente durante su encuentro! Y Robin habría dado cualquier cosa con tal de que Cindi hubiera estado allí con ella. Ella habría sabido qué decir y cómo comportarse con Steve Antonelli, de Los Ángeles, California. El carácter vivaz de su amiga hechizaba a todos cuantos la conocían. Y desconocía lo que era la timidez, algo que Robin a menudo le había envidiado.

Dio la espalda al espejo: no necesitaba que la recordara el aspecto que ofrecía en aquellos momentos. Concentrada en el paisaje que se extendía ante sus ojos, no oyó a Steve entrar en la habitación.

–Ya está. Tengo a un oficial del barco al teléfono.

Robin tomó agradecida el aparato que le tendía, como si estuviera aferrándose a una tabla salvavidas en el mar de incertidumbre y azoro en el que se estaba ahogando. Le explicó al oficial quién era y lo que le había sucedido, antes de preguntarle cómo podía hacer para volver a abordar el barco. Se le encogió el corazón al escuchar su respuesta. Después de enviarle un mensaje a Cindi, le dio las gracias y colgó. Steve había ido a la cocina mientras ella hacía la llamada, así que dejó el móvil sobre una mesa, luchando por contener las lágrimas. Por supuesto que no había podido sorprenderla que el barco no hubiera podido volver para recogerla: evidentemente tenía un programa que cumplir.

Pero hasta que no hubo hablado directamente con su responsable, no había querido enfrentarse al hecho de que estaba atrapada allí, y en compañía de un extranjero para el cual no era más que una inoportuna molestia.

–¿Todo bien? –le preguntó Steve cuando volvió al salón,

–Bueno, la verdad es que no –respondió con un nudo en la garganta.

–¿No pueden recogerte? –inquirió con un matiz de simpatía en la voz que casi le hizo perder el escaso control que le quedaba.

–No. Siguen un programa muy estricto. Me sugirieron que me dirigiera a su encuentro en St. Thomas, cuando regresaran con rumbo norte –tomó conciencia de lo que acababa de decir–. Todavía faltan cinco días para entonces –bajó la mirada a su bolsa. Cinco días. ¿Cómo iba a poder pasar cinco días allí con solo lo que llevaba en aquella bolsa? Se mordió el labio inferior–. ¿No dijiste antes que alguien podría llevarme a St. Thomas?

–Sí. Romano podrá llevarte cuando lo necesites –se interrumpió, como buscando las palabras más adecuadas–. No quiero pecar de indiscreto, pero... ¿llevas algo de dinero encima?

«¡Oh, no!», exclamó Robin para sus adentros. Había estado tan preocupada por la ropa que ni siquiera había pensado en su necesidad de dinero. Sacudió la cabeza, entristecida.

–Me temo que no. Me dejé mi bolso con todo lo necesario en el barco. Pero supongo que podría enviarle dinero a ese hombre, por el viaje, cuando llegara a casa y...

Steve se aclaró la garganta, frunciendo los labios para disimular una sonrisa.

–No estaba pensando en Romano. Él no te cobrará el viaje. Más bien me refería a tu estancia en St. Thomas hasta que regrese el barco. O incluso en la posibilidad de que compres un billete de avión a casa, en vez de esperar. Mucho me temo que si no puedes conseguir que te envíen algún dinero desde casa, vas a verte forzada a quedarte aquí hasta que puedas volver en el barco.

Robin se dijo que aquel hombre tenía razón. Sin dinero se veía seriamente limitada. Sabía que siempre podía llamar a sus padres y que ellos le enviarían dinero y un billete de avión. Pero eso significaría que tendría que confesarles lo que le había pasado, y por nada del mundo no quería hacer eso. Si algún día descubrían que se había quedado abandonada en una isla del Caribe por puro despiste, su familia entera le diría que sus propios actos le habían confirmado que era incapaz de cuidar de sí misma. No. Haría cualquier cosa con tal de no decírselo a sus padres, incluso quedarse allí durante los días siguientes.

–Yo, eh... realmente preferiría no contarles nada a mis padres. Se preocuparían mucho y... bueno, si no te importa que me quede aquí, pues....

–¿Sigues viviendo en casa de tus padres?

–Bueno, este es mi último año de estudios en la Universidad de Texas, en Austin. Mis padres poseen un rancho a unas pocas horas de allí, al oeste.

–Ah, una estudiante universitaria. ¿Es tu primer crucero?

–Sí, y el último también. Nunca imaginé que podría ser una experiencia tan claustrofóbica –suspiró–. Aparte de eso, lamento de verdad todos los problemas que te estoy causando...

–No me estás causando ningún problema.

–No te molestaré en nada, te lo prometo. Ni siquiera te darás cuenta de que estoy aquí.

–Robin –rio Steve–, es imposible que no me dé cuenta de que estás aquí. En primer lugar, no hay motivo alguno para que tengas que evitarme. Te lo garantizo, estarás perfectamente a salvo conmigo.

–¿En qué trabajas? –le preguntó Robin, dejándose llevar por la curiosidad.

–Soy policía.

–¿De verdad? –abrió mucho los ojos–. Qué interesante. Creo que eres el primer policía que conozco.

–Te prometo que no te aburriré con historias y batallitas. De hecho, precisamente he venido aquí para olvidarme de todo eso.

–Entiendo. ¿Llevas mucho tiempo trabajando de policía?

–El suficiente –respondió, lacónico.

Evidentemente aquel era un tema del que no deseaba hablar, pensó Robin. Se preguntó la edad que tendría: probablemente unos treinta y pocos años, unos diez mayor que ella. Por supuesto, eso no tenía nada de malo. Su padre era diez años mayor que su madre y su relación siempre había sido excelente. «¡Oh, Dios mío. ¿En qué estoy pensando?», exclamó para sí. No tenía ningún motivo para suponer que aquel hombre pudiera estar interesado en ella. La actitud que le había demostrado había sido similar a la forma en que solía tratarla su hermano Jason: una divertida tolerancia que la hacía desear haberlo conocido en otras circunstancias. Lo encontraba muy atractivo y esperaba, dado que iba a quedarse allí durante los próximos días, que él también se sintiera atraído por ella.

¡Podía imaginarse la reacción de su familia si la estuviera viendo en aquellos momentos! Ese pensamiento bastó para alegrarla.

–¿Qué te parece si te enseño tu habitación? –le propuso Steve, y Robin se dio cuenta de que llevaba varios segundos ensimismada en sus pensamientos–. Seguro que querrás ducharte y refrescarte un poco –miró su bolsa–. ¿No has traído nada más contigo?

–No. Solo pensaba pasar unas pocas horas en la isla...

–Veré qué es lo que puede conseguirte Carmela. Tal vez la esposa del propietario haya dejado aquí alguna ropa que te siente bien.

–Te lo agradezco muchísimo.

Steve se volvió, sonriendo. Mientras Robin lo seguía pasillo abajo, él le preguntó:

–¿Por qué no descansas un rato? Si te quedas dormida, te despertaré a la hora de la cena. Ya verás, Carmela es una magnífica cocinera. Espero que te sientas como en tu casa mientras estés aquí.

Robin no pudo sentirse más aliviada. Realmente aquel hombre estaba siendo muy amable con ella. Quizá todo le saliera bien, después de todo...

Capítulo Cuatro

Steve se detuvo en el pasillo frente a una de las puertas, la abrió y se hizo a un lado.

–Creo que aquí encontrarás todo lo que necesitas –señaló con la cabeza sus pies, magullados por las rocas–. Veo que tienes un profundo arañazo. Voy a buscarte un antiséptico.

–Oh, con todo lo que ha pasado, me había olvidado de mi pie –Robin miró a su alrededor–. ¿Estás seguro de que debo ocupar esta habitación? Parece el dormitorio principal, ¿no?

–No, es una de las habitaciones de invitados. Le diré a Carmela que te consiga algo de ropa.

Steve cerró la puerta y se marchó, conteniendo el deseo de salir corriendo de allí. Ciertamente no lo molestaba tener compañía durante varios días, pero el último tipo de visitante que necesitaba era una joven estudiante con un rostro y un cuerpo de película y la mirada de una inocente cervatilla... Si Ray se enteraba de aquello, se moriría de risa... Encontró a Carmela en la cocina, preparando la cena.

–Qué bien que ya no tenga que pasar tanto tiempo solo –le comentó la mujer, riendo–. Es una chica muy bonita.

–Bueno, ya, eso sí que lo he notado –repuso, y ambos se echaron a reír–. Quería preguntarle si sabe usted si en la casa hay ropa de mujer. Lo único que tiene es lo que lleva en su bolsa, que no es mucho.

–Creo que podré conseguirle algo. Es más alta que la mujer de Ed, pero las dos son igual de delgadas. A ver que encuentro por ahí.

–Gracias.

Después Steve fue al cuarto de baño contiguo a su habitación a buscar el antiséptico. Fingió no advertir que el corazón no le había dejado de latir aceleradamente desde la primera vez que vio a aquella chica. Era tremendamente atractiva. Sus ojos eran lo que más le había impresionado de ella: grandes, de color verde esmeralda, bordeados por largas y negras pestañas, levemente rasgados, con un brillo de inocencia verdaderamente conmovedor. Cuando sonreía, se le formaban hoyuelos en las mejillas. Hasta ese momento no había sonreído mucho, pero Steve comprendía que su situación habría conseguido preocupar hasta al viajero más avezado. Encontraba interesante que no quisiera ponerse en contacto con su familia. Se preguntó por qué. De hecho, había muchas cosas que le intrigaban de ella. E iba a disfrutar con el proceso de conocerla mejor...

Después de que se hubo marchado Steve, Robin miró a su alrededor y contempló el dormitorio en el que iba a pasar los siguientes días. Una pared tenía ventanales que iban desde el suelo al techo, decorados con plantas tropicales que añadían color y belleza a la habitación. Todavía con la bolsa colgada del hombro, abrió una de las puertas y descubrió un enorme vestidor: desgraciadamente dentro no había más que perchas vacías. Cerró la puerta y abrió la siguiente, que daba a un lujoso cuarto de baño, con una ducha acristalada y una gran bañera con jacuzzi.

Rápidamente sacó su ropa de la bolsa, lamentando la poca que tenía y el mal estado en que se encontraba. Después de quitarse la camiseta, los pantalones cortos y el traje de baño que llevaba debajo, abrió el grifo de la ducha. Descubrió aliviada que en los armarios había frascos de champú y suavizante para el pelo, así como varios tipos de jabón de baño. Provista con tales artículos, se lavó bien el cabello antes de enjabonarse el cuerpo. Para cuando salió de la ducha, envuelta en una enorme toalla, se sentía mucho mejor. Encontró un secador en un estante debajo del lavabo. Esa fue una de las pocas ocasiones en que se alegró de tener el cabello rizado natural. Para cuando terminó de secársela, su melena caía en ondas en torno a su rostro, larga hasta los hombros. Abrió la puerta y volvió al dormitorio. Carmela debió de haber entrado mientras ella estaba en la ducha, porque había una pila de ropa ordenada sobre la cama, así como un frasco de antiséptico.

Todavía envuelta en la toalla, se sentó para examinarse el tobillo herido: el arañazo ya no sangraba, pero estaba rojo e inflamado. Se aplicó con cuidado el antiséptico, y después se concentró en la ropa. Un caftán le llamó la atención, y se lo puso. Era de tonos dorados y anaranjados, y combinaba muy bien con el color de su pelo. El escote era bajo y la prenda en general le quedaba algo corta para su estatura, pero serviría por el momento. También había algunas camisetas sin mangas y pantalones cortos que supuso le quedarían bien. E incluso un camisón de algodón. Por último se tumbó en la cama, decidida a seguir el consejo de Steve y descansar un poco. En tan solo unos minutos se quedó dormida.

Steve llamó a la puerta poco después. En más de dos horas no había escuchado ningún ruido procedente de aquella habitación. Como no respondía, abrió sigilosamente la puerta y la descubrió dormida en la cama. Parecía una princesa durmiente con aquel vestido tan vaporoso y la hermosa melena derramada sobre la almohada. Su piel parecía tersa como la seda, levemente bronceada por el sol. El hecho de verla así le hizo tomar conciencia de la precaria situación en que se encontraban. Ningún hombre de carne y hueso podría ignorar a una belleza semejante, pero con todo y eso lo que más le atraía de ella era su frescura e inocencia.

–¿Robin?

–¿Mmmm?

–La cena está lista. Pensé que a estas horas ya tendrías hambre.

La joven abrió los ojos y por un instante se lo quedó mirando sorprendida antes de sentarse en la cama.

–¡Oh! Lo siento. Me he quedado dormida.

–No te preocupes. Te veré en el comedor dentro de unos minutos –y salió de la habitación antes de ceder al fuerte impulso de besar a aquella belleza hasta que terminara derritiéndose en sus brazos.

Robin se desperezó, bostezando; si por ella hubiera sido, habría pasado durmiendo el resto de la tarde y noche. Se levantó de la cama, tomó una camisa y un pantalón corto y se metió al cuarto de baño. Buscó en su bolsa y sacó su traje de baño de repuesto, un sencillo bikini: tendría que servirle de ropa interior. Se lo había comprado por impulso, pero luego no se había atrevido a ponérselo en el barco. Después de vestirse, se cepilló el pelo, se pintó los labios y salió del dormitorio.

Vio a Steve en el comedor, encendiendo un par de velas amarillas sobre una mesa pequeña, a tono con los colores dorados de la decoración. Se detuvo en seco, algo asustada por la perspectiva de disfrutar de una cena íntima con un hombre tan atractivo. Llevaba una camiseta blanca sin mangas que acentuaba aún más su tez bronceada, y unos pantalones cortos color caqui que le llegaban hasta medio muslo, revelando sus musculosas piernas.

–Esto parece tan encantador que la verdad es que no sé si aún estoy soñando... –comentó ella.

Steve alzó la mirada al oír su voz, antes de soplar la cerilla.

–Si esa ropa es prestada, te queda estupendamente.

–Claro que es prestada –respondió, ruborizada–. La que traía yo no está en muy buenas condiciones.

–Si se la das a Carmela, ella te la lavará.

–No quiero molestarla.

–Seguro que ella no opina lo mismo. Vamos –la invitó, sacándole una silla–, siéntate.

Las ventanas del comedor, aireado por un gran ventilador que colgaba del techo, daban a un hermoso patio. Robin miró la mesa: una botella de vino descansaba en un cubo con hielo, con un rico surtido de frutas tropicales artísticamente colocado en una fuente. En el centro, un gran plato de pescado a la parrilla con arroz.

–Vaya –exclamó–. ¿Comes así todos los días?

–La verdad es que sí –sonrió–. Carmela es una maravilla, el secreto mejor guardado de los propietarios de esta casa. Podría ganar una fortuna trabajando de cocinera en los Estados Unidos –se sentó ante ella y sirvió las copas.

Comieron en silencio durante un rato. Robin no había sido consciente del hambre que tenía hasta que tomó el primer bocado. De vez en cuando lanzaba rápidas miradas a su compañero, admirando su atractivo y tomando notas mentales para el futuro, cuando todo aquello le pareciera algún tipo de fantasía que se hubiera inventado. En cierto momento Steve le comentó:

–Ya que vamos a tener que convivir durante los próximos días, tal vez podríamos empezar a saber algunas cosas el uno del otro, ¿no te parece?

–De acuerdo –sonrió Robin.

–¿Por qué no empiezas tú primero? –rio él, al ver que no añadía nada más–. ¿Qué planes tienes para cuando termines en la universidad?

–Durante los dos últimos veranos he estado trabajando para una empresa de relaciones públicas de Austin, y me han ofrecido un empleo allí. También estoy pensando en solicitar un trabajo similar para una de las cadenas hoteleras nacionales: organizando conferencias, ese tipo de cosas... –tomó un sorbo de vino–. ¿Y tú? ¿Cuál es tu especialidad en el trabajo?

–Me dedico a homicidios.

–¿De verdad? Supongo que será bastante duro.

–Puede llegar a serlo –asintió–. Te puedes quemar muy rápido. No me había dado cuenta de lo cerca que estaba de ello hasta que llegué aquí. Y ahora me he acostumbrado tanto a esta vida que lo que me resulta difícil es pensar en la que llevaba en California.

–¿Tienes familia? –le preguntó, advirtiendo que no llevaba alianza de matrimonio.

–Mis padres viven en Santa Barbara. Durante mucho tiempo fui hijo único. Mi hermana Tricia nació cuando yo tenía once, y a ella le siguió Scott, un par de años después. Los gemelos, Todd y Greg, nacieron tres años más tarde.

–¡Así que tienes tres hermanos! –exclamó Robin, riendo–. Bueno, al menos tenemos eso en común. Yo siempre quise tener una hermanita, pero mi madre decía que debía conformarme con Cindi, que era lo más parecido a una hermana que tenía.

–Yo ya estaba en el instituto para cuando los gemelos empezaron el colegio, así que me resulta difícil considerarlos como hermanos. ¿Qué me dices de tu familia? –le preguntó él.

–Mi padre posee un rancho, como creo que ya te he dicho. Tengo dos hermanos mayores y otro más pequeño. Me llevo muy bien con mi madre; a menudo la gente nos toma por hermanas. Era una modelo altamente cotizada en Nueva York antes de que decidiera fundar una familia.

–Debo admitir que, la primera vez que te vi en la playa, me pregunté si serías una modelo.

–¡Oh! –exclamó sonriendo, con los ojos brillantes–. ¡Bueno, gracias! Definitivamente tengo que tomarme eso como un cumplido.

Steve alzó su copa a modo de brindis y explicó:

–Con esa intención te lo dije –tomó un sorbo–. ¿Te llevas bien con tus hermanos?

–No demasiado. Tengo una familia encantadora, pero el problema es que a veces se «excede» con su cariño hacia mí. Mis hermanos parecen pensar que no puedo arreglármelas sin que alguien me vigile de cerca. Puedo imaginarme lo que dirían ahora mismo si se enteraran de que me he quedado abandonada en una isla.

–Ah, por eso no quieres llamar a casa pidiendo ayuda... –comentó Steve, recostándose en su silla con una sonrisa.

–Exactamente. La verdad es que me habría dado tiempo a regresar a la lancha si no me hubiera caído. Y tengo que considerarme afortunada de que no me haya torcido el tobillo... o algo peor –cuando volvió a mirarlo, la inquietó el brillo que vio en sus ojos. Había algo en aquella expresión que la hacía estremecerse por dentro, así que dijo lo primero que se le pasó por la cabeza–: ¿Cuánto tiempo llevas trabajando de policía?

–Me gradué en la academia hace ocho años. Llevo tres trabajando como detective en homicidios.

–¿Tu padre también era policía?

–No. Hace años jugaba al béisbol para el equipo de Atlanta. Se retiró cuando yo tenía quince.

–Me temo que no sé gran cosa de deportes, sobre todo de béisbol. Mis hermanos son todos unos apasionados del fútbol, así que escuchándolos llegué a aprender algo, no mucho, sobre ese deporte.

–Yo tenía intención de dedicarme profesionalmente al béisbol hasta mi último año en el instituto, cuando una lesión de tobillo acabó con mi esperanza de participar en las grandes ligas –antes de que ella pudiera decir nada, Steve continuó–: El dueño de esta isla, Ed Kowolski, jugaba en el mismo equipo que mi padre. Eran muy amigos. Ed siempre fue para mí como un tío, más que un amigo de la familia –miró su vaso vacío–. ¿Más vino?

–Oh, no, gracias. No suelo beber mucho –desvió la mirada hacia la ventana–. Mira, el sol está empezando a ponerse. Con esas nubes en el horizonte, la puesta de sol va a ser espectacular.

–Sé de un lugar estupendo para contemplarla –se levantó–. ¿Vamos?

–Claro –respondió ella.

Steve le tendió la mano. Era un gesto tan natural que Robin no le dio ninguna importancia, hasta que sintió la presión de su cálida palma contra la suya. Experimentó una especie de descarga eléctrica que sacudió todo su cuerpo, como si la hubiera atravesado un rayo. Dio un respingo, pero él no pareció notarlo.

Salieron de la casa y continuaron por un sendero que terminaba en un banco de madera, de cara al oeste. El sol se estaba hundiendo con rapidez en el mar, tiñendo el agua de un tono rojo sangre, mientras el cielo se convertía en una colorida acuarela. Jamás se cansaba Steve de contemplar aquel espectáculo. Cuando estaba en Los Ángeles, rara vez miraba el sol. De hecho, al estar en el turno de tarde, apenas pensaba en otra cosa que no fuera su trabajo a aquella hora del día.

O a cualquier otra. Y sin embargo allí estaba, disfrutando de aquella maravilla de luz y de color en compañía de una joven extremadamente atractiva. Si Ray pudiera verlo en aquel instante, definitivamente concluiría que las vacaciones de Steve estaban superando cualquier expectativa que hubiera tenido al respecto. Advirtió que Robin parecía tan impresionada como él por el espectáculo. Continuaron sentados en silencio hasta que empezó a caer la noche.

—No me extraña que te guste tanto este lugar —comentó al fin ella.

—Sí. Es una experiencia muy relajante.

—Te agradezco tu hospitalidad —pronunció, levantándose del banco—, pero no quiero quitarte más tiempo. Me voy a acostar.

—No puedes estar hablando en serio. Todavía es demasiado pronto, sobre todo después de la siesta que te has echado antes de cenar. ¿Qué te parece si jugamos al billar? O quizá a las cartas. ¿Te gustan las cartas?

Apenas podía distinguir su rostro entre las sombras. Robin permanecía de pie frente a él, con las manos entrelazadas a la espalda.

—¿Estás seguro? —le preguntó—. Has sido más que generoso con el tiempo que me has dedicado. No quiero convertirme en una molestia.

Steve se dio cuenta de que estaba disfrutando verdaderamente de su compañía. Las horas habían volado desde que la encontró. Ahora que ella estaba allí, ya no deseaba pasar más tiempo solo. Quería enseñarle la isla, llevarla a explorar las partes que todavía le quedaban a él por ver. Pero ya tendría tiempo para ello.

–No eres ninguna molestia, te lo aseguro. Lamento haberme mostrado un poco gruñón antes. Volvamos a la casa. Te enseñaré la sala de juegos –rio–. De hecho, ahora que estás aquí, al fin podré jugar y competir con alguien. Para la mayoría de los juegos se necesitan al menos dos personas.

Volvieron a la mansión. Steve la tomó del brazo para guiarla por el sendero. Le gustaba tocarla. Deslizó suavemente el pulgar a lo largo de su piel, disfrutando de su finísima textura. Advirtió que se estremecía.

–He debido darte una chaqueta –le dijo, pasándole un brazo por los hombros y acercándola hacia sí.

–No me había dado cuenta de que tenías una mesa de billar... –comentó Robin, aparentemente algo nerviosa. Él también lo estaba.

–¿Te gusta jugar? –inquirió, esperando que no pudiera escuchar el acelerado latido de su corazón.

–Claro que sí.

Entraron en la terraza, y él le abrió la puerta corredera para que pasara primero. Carmela había dejado encendida una de las lámparas y se había ido a su casa, con Romano. Estaban solos en la mansión. En cualquier caso, pensó Steve, Robin nada tenía que temer de aquella situación: a su lado estaba perfectamente a salvo. Si se lo repetía lo suficiente, estaba seguro de que terminaría por convencerse a sí mismo...

–¿Has jugado mucho al billar? –le preguntó mientras la llevaba hasta la sala de juegos.

–Sí. Siempre que mis hermanos me han dejado –respondió, riendo–. Me encanta.

Steve asintió, pensando que esa noche el billar sería sobre todo una forma de distracción, un medio de socialización. Nada que ver con la forma en que a él le gustaba jugar: rápido, para ganar cuanto antes a su oponente.

–Adelante –al llegar al umbral, se hizo a un lado para dejarla pasar. La gran sala contaba con una gran mesa de billar, otra de ping pong y otra más, de forma hexagonal, para juegos de cartas–. Abre tú –señaló la mesa de billar, cuyas bolas ya estaban colocadas.

–¿Pero no deberíamos echar antes a suertes quién...?

–Es igual. Tú primero.

–Bueno, vale –se encogió de hombros–, pero no me parece muy justo.

«Encantadora actitud», pensó Steve. Al parecer, no quería aprovecharse de él... Si supiera que en el instituto había pasado más tiempo jugando al billar que estudiando... Pero no le dejaría saber lo bien que podía llegar a jugar. No quería intimidarla.

Así que se dedicó a observarla mientras jugaba. Con el tiro de apertura consiguió meter dos bolas, una lisa y otra rayada.

–Voy a lisas –declaró Robin.

Steve asintió con la cabeza, pensando que al menos estaba al tanto de las reglas del juego. Su salida había sido buena: lo suficientemente afortunada como para meter dos bolas.

Pero minutos más tarde, después de meter todas las bolas lisas seguidas y de colar la negra en el último agujero, Robin se volvió hacia él con una expresión de disculpa.

–Perdona. No te he dejado la oportunidad de tirar ni una sola vez.

–No te disculpes –rio Steve–. Lo has hecho fantásticamente bien. Vamos a jugar otra partida. Vuelves a salir tú, ya que has ganado.

—Bueno, ya sé que eso es lo que dictan las reglas, pero... ¿no quieres empezar tú?

—No te preocupes. Ya me tocará.

Para cuando Steve tuvo oportunidad de tirar, Robin había ganado dos partidas más y solo le quedaban dos bolas sobre la mesa en el cuarto juego. De acuerdo, reconoció para sí: era más que buena. Era excelente. Tenía el pulso firme, buena puntería y un gran estilo, y si hubiera podido leerle el pensamiento y descubrir la actitud condescendiente que había tenido hacia ella... a esas alturas se habría sentido tremendamente humillado. Pero en lugar de eso, estaba teniendo bastantes problemas para concentrarse en el juego.

Robin parecía totalmente inconsciente de la pose tan atractiva que tenía mientras jugaba, estirada a lo largo de la mesa y...

—¿Cómo aprendiste a jugar? —le preguntó al fin, curioso.

—Mi padre me enseñó.

—Ah.

Steve tomó nota mental de no retar nunca al billar al padre de Robin, si algún día llegaba a conocerlo. Nunca había visto a una mujer jugar tan bien y concentrarse tanto en el juego. Solo al cabo de un rato se dio cuenta de que habían hablado muy poco durante toda la velada. En cierto momento fue a la cocina y volvió con una cerveza para él y un refresco de fruta para ella. Cuando finalmente Robin le confesó que tenía sueño y quería acostarse, Steve descubrió asombrado que era más de la una de la madrugada.

—Me has ganado por tres partidas —comentó—. Eres una gran jugadora.

—Gracias. Tuve que aprender a serlo para mantenerme al nivel de mis hermanos.

–Y quizás también eres un poquito competitiva... –añadió con una sonrisa.

–Ya –rio–. Me han acusado de serlo en más de una ocasión.

–Apuesto a que sí.

Cuando volvieron al salón, Robin pronunció, algo azorada:

–Bueno, entonces hasta mañana.

–¿Te apetecería que nos encontráramos al amanecer en la playa, para darnos un baño a primera hora? Es una manera estupenda de empezar el día.

–No sé si estaré despierta para entonces...

–Oh. Entonces te veré cuando te levantes. No hay prisa, por supuesto. En esta isla no se funciona con horarios rígidos... –muy a su pesar, Steve era consciente de lo forzado de su tono ligero. Era como si a cada momento se sintiera más tenso e irritable... ¿Podía realmente haberle molestado que ella lo hubiera afectado e impresionado tanto? Seguramente no. Únicamente podía haberle molestado tanto una sola cosa: el hecho de que había pasado toda la velada en un estado de semiexcitación. Se alegraba de que, al contrario, Robin no fuera tan agudamente consciente de su presencia...

Aunque tal vez allí estuviera la raíz del problema. No estaba acostumbrado a que lo ignoraran. ¿Acaso no percibía ella la tensión del ambiente cada vez que estaban juntos? Durante toda la velada no había sido capaz de dejar de mirarla.

–Hasta mañana –se despidió Robin, sonriendo levemente.

–Hasta mañana –Steve se dijo que ella no era la única que necesitaba acostarse. Pero en lugar de ello, se fue a la cocina a buscar otra cerveza. ¿Qué le estaba pasando? Estaba comportándose como si lo hubieran rechazado porque ella no había querido quedarse más tiempo con él.

Su problema consistía en que la mayor parte de las mujeres que había frecuentado se habían mostrado más que dispuestas a prolongar las veladas... y a pasar las noches enteras en su compañía. Pero aquella situación era distinta. Robin no era una cita. No había escogido pasar su tiempo con él. Era su anfitrión, y como tal tenía que recordarse que Robin no había elegido quedarse allí, en aquella isla...

Se fue a la cama, todavía intentando averiguar lo que le estaba sucediendo. Hasta ese instante había disfrutado plenamente de su soledad, pero ahora ni siquiera le apetecía levantarse al amanecer siguiendo su tradicional rito solitario de admirar la salida del sol. Finalmente se dejó caer en la cama, suspirando. Se sentiría mucho mejor después de una buena noche de sueño.

Robin se despertó sobresaltada y se dio cuenta de que había estado soñando: una pesadilla en la que intentaba alcanzar un tren en marcha para acabar perdiéndolo. Rodó a un lado, poco deseosa de seguir durmiendo si iba a tener otro sueño semejante. Se preguntó qué hora sería. Evidentemente el propietario de aquella casa había preferido que los relojes no abundaran, porque no había ninguno en la habitación. Se levantó de la cama para ir al cuarto de baño. Pensó en vestirse y en ir a buscar un refresco a la cocina. Seguramente Carmela tendría un reloj allí.

Después de ponerse la misma ropa que había llevado la tarde anterior, abrió sigilosamente la puerta de la habitación y aguzó el oído, pero no escuchó nada. Ignoraba dónde dormía Steve. El pasillo estaba a oscuras. Solo cuando llegó al salón se dio cuenta de que hasta ese instante había estado conteniendo el aliento, y se disgustó consigo misma por ello. No tenía nada que temer. Aquello no era una película de terror en la que cualquier malvado fuera a salir de una esquina y a saltar sobre ella...

Una vez en el salón no tuvo problema alguno para encontrar el camino hasta la cocina. Encendió la luz, parpadeando repetidas veces hasta que se le acostumbraron los ojos. Ah. Había un reloj encima del horno. Eran casi las seis de la mañana. Se sirvió un zumo de la nevera y se acercó a la ventana: con las primeras luces del alba podía distinguir el mar bañando la cosa, dejando un rastro de espuma en la arena.

Después de terminarse el zumo y de comerse una pieza de mango, abrió las puertas correderas y salió al exterior. Las estrellas todavía se veían con nitidez, pero hacia el este se destacaba una creciente claridad. Empezó a pasear por la playa, abismada en sus reflexiones. Deseó que Cindi pudiera estar allí, con ella. La situación no habría sido la que era si su amiga hubiera estado a su lado, haciendo bromas. A esa hora de la mañana, las vistas eran verdaderamente grandiosas. Se detuvo y miró hacia el este. El cielo se estaba tiñendo rápidamente de todo tipo de colores, desde el azul marino de la noche hasta los más suaves tonos pastel. Después de refrescarse un poco la cara y las manos en el agua, se sentó en la arena dispuesta a admirar el espectáculo. Y perdió la noción del tiempo cuando el sol apareció en el horizonte convertido en un brillante globo anaranjado, allá donde se unía el mar con el cielo.

Suspiró. Sus pequeñas preocupaciones parecían desaparecer con la leve brisa que había empezado a levantarse. Al fin se levántó para volver por donde había venido. Cuando llegó cerca del sendero que llevaba a la casa, descubrió una toalla y unas zapatillas en la arena. Alzó una mano para protegerse los ojos del resplandor del sol y miró hacia el mar; fue entonces cuando descubrió a Steve nadando enérgicamente, en paralelo a la costa. Estaba tan lejos que lo único que acertaba a distinguir era su oscura cabeza y el chapoteo de sus brazos.

En un impulso, se despojó de la camisa y de los pantalones cortos. Llevaba su traje de baño debajo, el que estaba usando a modo de ropa interior. Le encantó la sensación de sumergirse en el agua, tan increíblemente cálida a aquella hora de la mañana. No hizo intento alguno de internarse tanto como Steve, sino que se contentó con nadar cerca de la playa. Sonriendo, tuvo que reconocer que aquella era una manera estupenda de empezar el día, como él le había dicho.

Cuando Steve la vio, tuvo que asegurarse de que no estaba ante una sirena surgida del océano. Así que después de todo Robin había decidido despertarse lo suficientemente temprano como para disfrutar de un baño matutino... Nadó hacia la playa. Recogió su toalla y se secó la cara y la cabeza. Luego se tumbó a esperar a su invitada. Mientras la contemplaba, sintió una punzada de excitación. Suponía que no debía de tener mucha experiencia sexual, porque no parecía nada consciente de su propia sensualidad, de su propio atractivo, de su mortal efecto sobre los hombres.

Cansada, Robin dejó de nadar y permaneció de pie, contemplando el mar, con el agua hasta la cintura. Se había recogido el pelo en una trenza, que colgaba húmeda todo a lo largo de su espalda. Steve se la quedó mirando asombrado, preguntándose si llevaría algo encima.... Entonces vislumbró la fina línea del tirante del bikini. Vaya. Por un momento había llegado a pensar que había decidido bañarse desnuda. Pero luego, cuando se volvió hacia él y empezó a caminar hacia la costa, Steve casi perdió el aliento al ver lo poco que cubría su desnudez aquel traje de baño. Apenas un triángulo de tela ocultaba su sexo, y otros dos sus senos perfectos.

Se movía con gracia inconsciente, balanceando suavemente las caderas en un ondulante ritmo que aceleró el corazón de Steve. Sus largas piernas no parecían terminar nunca... Tuvo que recordarse las numerosas razones por las que no era una buena idea contemplar a su invitada con tanta avidez...

–¡Hola! –lo saludó–. Me he olvidado de traer una toalla. ¿Puedo usar la tuya?

Steve asintió, esperando que pensara que era por el sol por lo que estaba entornando los ojos hasta casi cerrarlos.

–Gracias.

Al cabo de unos minutos oyó un rumor de ropa y abrió un ojo. Robin se estaba poniendo sus pantalones cortos y su camisa.

–Muy refrescante, ¿verdad? –pronunció con voz estrangulada, levantándose.

–Oh, sí. Hacía años que no disfrutaba tanto de una playa. Hay algo mágico en este lugar.

–Sí –afirmó Steve–, yo he llegado a pensar lo mismo. Desde que vine aquí, todas las mañanas me levanto temprano para contemplar el amanecer y empiezo el día con un baño.

–Eres muy afortunado de haber podido venir a un lugar como este.

–Sí, es verdad. Creo que el ejercicio me ha abierto el apetito.

—A mí también.

—Tengo algunas sugerencias acerca de cómo podemos pasar el día —le comentó Steve mientras regresaban a la casa.

—Por favor, no te sientas en la obligación de hacerme compañía. He visto que los propietarios tienen algunas novelas en la biblioteca que no he tenido la oportunidad de leer.

—Puedes leerlas cuando quieras, pero... ¿cuántas oportunidades tendrás de explorar tu propia isla particular? —le preguntó al tiempo que empujaba la puerta y la hacía entrar.

Robin se volvió hacia él, riendo.

—Bueno, cuando me lo dices de esa forma, ¿cómo podría negarme? Haremos lo que quieras.

Steve pensó que parecía insoportablemente joven y hermosa a la luz de aquel amanecer, sin un solo rastro de maquillaje que estropeara su belleza natural. Tuvo el súbito presentimiento de que podría llegar a perder la cabeza por ella con mucha facilidad. Estaba reaccionando ante Robin como nunca antes había reaccionado ante ninguna mujer. Eso lo asustaba, pero se negaba a dar marcha atrás. En todo caso, nada de lo que empezaran allí podría llegar nunca a ninguna parte. Vivían separados por miles de kilómetros, sin nada en común que compartir. Entonces, ¿por qué no explorar la mutua atracción que parecían sentir? Quizá podían pasar unos maravillosos días juntos... y disfrutar incluso de una aventura que recordarían para siempre.

Capítulo Cinco

Steve contemplaba la noche oscura desde la ventana de su dormitorio. Tres días habían transcurrido desde que conoció a Robin, y ya se las había arreglado para trastornar completamente su vida. Aquella misma tarde lo había desplumado al póquer. Era algo lógico ya que, dejando aparte el hecho de que era una gran jugadora, su cerebro se había negado a concentrarse en algo tan banal como una baraja de cartas. Estar a su lado le estaba convirtiendo a marchas forzadas en una especie de lunático. Era por eso por lo que había preferido retirarse a su dormitorio, con el pretexto de que estaba cansado después de un extenuante día, cuando en realidad estaba intentando desentrañar la fascinación que sentía por aquella mujer.

Aquella mañana, nada más despertarse, había decidido que un día de agotador ejercicio le ayudaría a ignorar la creciente atención que sentía por ella. Con ese objetivo en mente, le sugirió una excursión a pie al centro de la isla, donde sabía que había una charca con una cascada, pensando que le encantaría verla. Para cuando tomó conciencia de lo muy seductor que podía llegar a ser aquel plan, ya era demasiado tarde para cambiar. Y por mucho que se esforzara por olvidar los recuerdos de aquel día, seguían gravitando en su memoria...

El sudor le corría a chorros por la frente, y Steve se detuvo para enjugárselo con el dorso del brazo.

Cuando unas horas atrás comenzaron su marcha hacia la cascada, se había olvidado de lo empinado que era el terreno del interior de la isla, así como del intenso calor que hacía conforme se iban alejando de la costa. Le tendió una mano a Robin.

–Me había olvidado del tremendo calor que hace a esta hora del día.

Robin aceptó su mano y permitió que la ayudara a subir la cuesta.

–Bueno, me prometiste que la subida valdría la pena –le recordó, quitándose la pamela para abanicarse la cara. Ambos tenían la respiración acelerada.

–Mantengo esa promesa. De hecho, creo que ya casi hemos llegado. Al menos no tendremos que seguir subiendo durante el resto del camino.

–Todavía no me he acostumbrado a los miles de tonos que tiene el mar –comentó Robin, volviéndose para mirar el océano–. Están cambiando continuamente, ¿lo has notado? No sabía que el océano fuera algo tan fascinante...

–Sé lo que quieres decir. Yo vivo cerca del Pacífico y desde que he venido me he dado cuenta de que nunca dedico el tiempo suficiente a admirarlo. Ya me he prometido varias veces que cambiaré de costumbres cuando vuelva a casa. A partir de ahora, un viaje a la playa formará parte de mi agenda semanal.

Estaba satisfecho de que su voz sonara tan firme y equilibrada, y dado que en ese instante Robin no lo estaba mirando, no tenía que esconder la expresión de su rostro mientras la contemplaba. Llevaba una camisa y unos pantalones cortos encima del traje de baño. Le encantaba la gracia inconsciente con que se movía, como si fuera una gacela. No podía creer que se estuviera poniendo tan poético con aquella mujer, pero lo cierto era que durante los últimos días había traspasado todas sus barreras.

Era valiente y estaba siempre dispuesta a probar nuevas experiencias. Sus ojos eran verdaderamente hipnóticos, llenos de luz. Había veces en que adoptaban exactamente el mismo tono que el del verde del mar a mediodía. Se obligó a volverse para retomar la marcha. Poco después llegó a escuchar el rumor de la cascada.

—La oigo. Ya casi hemos llegado.

—Ya era hora. Creo que podría pasar las siguientes horas bajo el chorro de agua sin quejarme —repuso Robin.

Se internaron en la espesura que rodeaba la charca, envueltos en la bruma del agua.

—Oh, esto es demasiado perfecto —exclamó entre risas, extendiendo los brazos como para abrazar el paisaje que la rodeaba. En seguida se descalzó y se despojó de la camisa y de los pantalones cortos.

Steve también se quedó en traje de baño mientras veía a Robin sumergirse en el agua.

—¿Qué tipo de exploraciones hiciste en este lugar la primera vez que viniste? —inquirió ella, suspirando de placer.

—Las suficientes como para asegurarme de qué no había nada dañino bajo el agua, si es eso lo que te preocupa —respondió, divertido por su pregunta.

—Has acertado. Aunque quizá debería habértelo preguntado antes de entrar en la charca.

—No te preocupes. Nunca te habría traído aquí si hubiera existido la menor clase de peligro.

—Vaya, ahora sí que estás hablando como cualquiera de mis hermanos. Créeme, ya tengo bastantes hermanitos, Steve. No necesitas incorporarte al grupo.

Steve se metió en la charca y nadó hacia ella. Cuando se puso de pie, el agua le llegaba hasta el cuello.

—No tienes por qué preocuparte, Robin. Puedo asegurarte que no pienso en ti como en una hermana.

Estaban muy cerca. Robin parecía relajada y feliz, con la melena recogida en su habitual trenza.

—Casi tengo miedo de preguntarte por lo que piensas de mí —pronunció, tímida.

Steve extendió las manos para tomarla de la cintura y acercarla lentamente hacia sí.

—¿De verdad quieres saberlo? —le preguntó con tono suave.

En lugar de apartarse, Robin apoyó a su vez las manos sobre sus hombros y lo miró fijamente a los ojos.

—Ajá.

—Pienso que eres una mujer inteligente, sensible, bella, cariñosa y tan sexy que apenas puedo mantener las manos alejadas de ti —murmuró.

—¿Crees que soy sexy? —inquirió, mientras un delicioso rubor teñía sus mejillas—. ¿De verdad?

—Será mejor que lo creas. Y si no me estuviera comportando con tanta caballerosidad, te habría besado aquella primera noche, cuando me ganaste tan rotundamente al billar.

Robin se acercó más a él, hasta que sus senos hicieron contacto con su pecho.

—¿Te estás sintiendo muy «caballeroso» en este momento? —le preguntó con una sonrisa maliciosa.

—En este momento, no.

—Bien —le acarició los labios con los suyos, incitándolo a que respondiera.

Steve podía sentir el temblor de su boca: un indicio de que no estaba tan segura de lo que estaba haciendo como parecía. Por nada del mundo quería asustarla, así que le devolvió el beso con una leve presión, dejándole a ella la iniciativa.

Robin todavía se acercó más, enlazando las piernas con las de Steve. Fue entonces cuando él se dio cuenta de que sus besos, pese a su intención, no eran hábiles, como si estuviera en todo momento insegura acerca de lo que hacer inmediatamente después. Delicadamente le entreabrió los labios y empezó a explorar con la lengua el dulce interior de su boda, tentándola, permitiéndole que le indicara hasta qué punto estaba dispuesta a llegar.

–Mmm –pronunció Robin con voz soñadora, apartándose lentamente–. Eso ha estado mejor de lo que esperaba –y se sumergió bajo el agua para bucear hacia la cascada.

La temperatura corporal de Steve había subido tanto que tenía la sensación de que podía hacer hervir el agua que lo rodeaba. Ansiaba perseguirla, arrancarle más besos que finalmente podrían llevar a... Pero no quería pensar en eso. Robin todavía no le había dado ninguna indicación de lo que quería, más allá de aquel ligero flirteo. Así que a lo largo de la tarde se dedicó a observar sus reacciones, atento a cualquier gesto que le diera una pista sobre lo que esperaba de él.

En ningún momento hablaron de aquel beso. Estuvieron jugando en el agua hasta que Steve le comentó que necesitaban ponerse en camino para regresar a la casa antes de que oscureciera. Se secaron y se pusieron la ropa sobre sus trajes de baño húmedos, y Robin charló con él como si nada hubiera sucedido entre ellos. Por fuerza tenía que haber sido consciente de la reacción de Steve hacia ella, pero evidentemente decidió ignorarla.

Si le estaba enviando alguna señal, él no lograba captarla. ¿Podría ser tan inocente como para no percibir la desesperación con que había querido hacerle el amor? Había considerado aquel beso como algo normal entre amigos. Quizá era así como veía su relación: como la de dos nuevos amigos. Pero lo que asustaba a Steve era el convencimiento de que él quería mucho más que una simple amistad con Robin.

Más tarde, mientras estuvieron jugando al póquer aquella noche, lo único que pudo hacer fue observar sus expresiones, maravillarse de su belleza y, en suma, terminar haciendo el ridículo en el juego. Si alguno de los compañeros con que solía jugar los martes por la noche se hubiera enterado de que había recibido una paliza al póquer a manos de una estudiante universitaria... toda la comisaría habría estallado en carcajadas. Y lo más asombroso de todo era que no le importaba. Fue entonces cuando comprendió que debía descubrir a toda costa qué era lo que le estaba pasando. Y, lo que era aún más importante: tenía que decidir qué diablos iba a hacer al respecto.

Robin estaba demasiado espabilada para acostarse. Después de que Steve se retirara a su dormitorio, decidió acercarse hasta el banco de madera donde los dos se sentaban todas las tardes a contemplar la puesta de sol. Había muy poca luz, apenas la que proyectaba la luna y el resplandor de las estrellas que salpicaban el cielo. Tomó asiento con la mirada fija en el mar, escuchando el rumor de las olas.

No podía quitarse aquel beso de la cabeza. Sin duda Steve debía de tener una gran experiencia con ese tipo de cosas, pero el ardor de aquel encuentro la había conmovido profundamente. Había querido mucho más, y sin embargo no tenía una sola pista de cómo hacérselo saber. Aparentemente él también había disfrutado con el beso. Al menos no la había rechazado. Pero no se lo había tomado con seriedad: eso era seguro. En todo momento había mantenido las manos firmemente apoyadas en su cintura. Ella había querido que la tocara más, quizá que le acariciara la espalda o los senos, pero Steve no había hecho nada de eso.

Le había comentado que la encontraba sexy, pero tal vez solo se lo había dicho por pura cortesía. Si tan atractiva le había parecido, ¿por qué no la había vuelto a besar, aunque solo hubiera sido para despedirse de ella por la noche? No comprendía en absoluto a los hombres. Aparentemente esa noche Steve había estado tan poco interesado en la partida de póquer que había prestado muy poca atención al juego y le había dejado ganar a ella la mayor parte de las veces. ¿Acaso le aburría su presencia? Todavía le quedaban dos días más de estancia en la isla. Si ya estaba cansado de intentar entretenerla, eso podría explicar por qué se había retirado tan temprano a su habitación.

Si supiera cómo hacerle saber lo muy atraída que se sentía por él... ¿Qué mujer no lo sabía? Probablemente Steve estaba acostumbrado a que las mujeres se lanzaran a sus brazos. Y lo último que quería ella era hacer que se sintiera incómodo y convertirse en una molestia. Había empleado los tres últimos días en enseñarle la isla, llevarla a nadar, jugar a las cartas, al billar... Ahora que pensaba detenidamente sobre ello, podía darse cuenta de lo impaciente que había estado porque se fuera de la isla, para volver a disfrutar de su intimidad.

Encogió las piernas y se abrazó las rodillas. Cuando se trataba de seducir a un hombre que la atraía, tenía que reconocer que era totalmente incapaz. Había esperado que, con aquel beso, Steve hubiera captado el mensaje de que a ella le gustaba, que la excitaba. Y quizá lo hubiera captado, pero el problema era que en realidad no estaba interesado. Suspiró. Era vergonzoso admitir, incluso para sí misma, que ignoraba por completo cómo tentar a un hombre para que le hiciera el amor.

Ya estaba. Lo había reconocido. Eso era lo que quería que sucediera en aquella idílica isla durante esas vacaciones improvisadas. Quería probar la experiencia de la que tanto le habían hablado sus amigas. Qué irónico resultaba que ahora que se le presentaba la oportunidad perfecta, y con el hombre perfecto, no supiera aprovecharla. Apoyó el mentón sobre las rodillas y contempló fijamente el mar. Lentamente la majestuosa extensión del océano y el suave rumor de las olas fueron aplacando su inquietud y serenando sus pensamientos. Cuando finalmente se levantó del banco, ya tenía ganas de dormir. Y también había decidido lo que tenía que hacer para devolverle a Steve su soledad.

A la mañana siguiente se despertó muy temprano, mucho antes del amanecer, se vistió y fue a la cocina a buscar algunas provisiones. Allí, encima de la mesa, le dejó una nota a Steve diciéndole que se había ido a pasar el día a las pozas del otro extremo de la isla, a nadar y a tomar el sol, y que ya lo vería por la noche. Para cuando el sol asomó por el horizonte, ya había llegado a las pozas: extendió la toalla a la sombra de unos árboles y se tumbó a descansar. Como había pasado otra agitada noche, decidió dormir hasta la hora de la comida y luego recorrer los alrededores. Se negaba a sentir lástima de sí misma. Había pasado unos días maravillosos en aquella isla.

Mientras poco a poco se iba quedando dormida, sonrió. Sabía que nunca olvidaría aquella preciosa isla tropical, ni al hombre que allí había conocido...

Aquella mañana Steve tomó su habitual baño y no pudo menos que sentirse decepcionado al no ver a Robin en la playa. Para cuando volvió a la casa, estaba deseoso de compartir con ella algunas de las sugerencias que tenía para ese día. Pero primero se duchó y vistió antes de dirigirse a la cocina para comer algo. Carmela le había dejado preparado el café y un suculento desayuno.

–Encima de la mesa tiene un mensaje –le informó la mujer, sonriente, cuando lo oyó entrar.

Sorprendido, Steve recogió la nota y la leyó en silencio:

Steve, durante estos últimos días has sido el anfitrión perfecto, pero no quiero abusar de tu hospitalidad. Me he ido a pasar el día al otro extremo de la isla para devolverte la soledad que has perdido conmigo. Te veré por la noche. Espero que te lo pases bien. Robin.

–¿Habló usted con ella esta mañana? –le preguntó a Carmela.

–No. No llegué a verla. Debió de haber salido temprano. Se preparó algunos sándwiches y se llevó una botella de agua y fruta, así que supongo que pensaba pasar todo el día fuera.

Steve se sirvió una taza de café. Ya estaba. Robin se había ido. Se preguntó qué podía haberle hecho para que hubiera decidido pasar el día sola. Lo único que se le pasó por la cabeza fue el detalle de que la noche anterior se hubiera retirado tan temprano: Robin debió de haberlo interpretado como que no deseaba pasar más tiempo con ella. Algo verdaderamente divertido y absolutamente irónico, teniendo en cuenta las circunstancias. Suspirando, se sirvió otra taza de café mientras examinaba las opciones que tenía. Lo más prudente era dejarla en paz ya que, después de todo, había escogido pasar aquel día sola, lejos de él. El beso del día anterior quedaba así olvidado. Al día siguiente abandonaría la isla tal y como estaba previsto, después de lo cual ya nunca volvería a verla. Finalmente conseguiría olvidarla por completo cuando recuperara su ritmo normal de vida en Los Ángeles. Indudablemente, aquella era la mejor solución desde todos los puntos de vista.

El único problema estribaba en que no creía que su vida pudiera volver a ser la misma. O al menos como la que era antes de llegar a conocer a Robin. Nunca había creído en las relaciones sentimentales profundas y duraderas, pero en ese caso particular estaba dispuesto a hacer una excepción. Y no quería desperdiciar aquel último día separado de Robin. Lo que necesitaba era salir a buscarla, disculparse por su taciturno comportamiento de la noche anterior... y asegurarse de que entendiera que deseaba entablar una profunda, y duradera, relación con ella.

Tan pronto como terminó su desayuno, salió para el otro extremo de la isla. Unos nubarrones se estaban acumulando en el horizonte, indicio seguro de que se avecinaba una fuerte tormenta. Encontró a Robin cerca del punto donde la descubrió el primer día. Estaba tumbada cerca de la línea de palmeras que separaba la exuberante vegetación del interior de las playas de arena blanca. Cuando se acercó, descubrió que se había quedado profundamente dormida, con la cabeza apoyada sobre un brazo. Y de pronto se sintió como el príncipe deslumbrado por la visión de la Bella Durmiente. Se arrodilló a su lado y le acarició una mejilla con exquisita delicadeza.

–¿Robin? –susurró, ya que no quería despertarla bruscamente.

La joven se desperezó, parpadeando varias veces. Al verlo, sonrió con expresión soñolienta, pero le costaba tanto mantener abiertos los ojos que acabó por volver a cerrarlos. Entonces Steve se tumbó a su lado, apoyándose sobre un codo, y se acercó para acariciarle los labios con los suyos. Sus labios eran tan deliciosamente suaves como los recordaba. Se retiró justo cuando ella abrió de nuevo los ojos.

–Eso me ha gustado –murmuró ella–. Me gusta la manera que tienes de besar.

–Pues esa es una gran noticia, porque a mí me encanta enormemente besarte –y para demostrárselo, repitió el beso.

–¿Qué estás haciendo aquí? –le preguntó Robin cuando él se apartó.

–Te echaba de menos.

–¿De verdad? –inquirió, sorprendida.

–Lamento lo de anoche –pronunció mientras la besaba delicadamente en la mejilla y en el cuello–. Fue una desconsideración que me retirara tan temprano –incapaz de resistirse, la besó en los labios una vez más.

Para cuando volvieron a apartarse para tomar aire, estaban temblando los dos.

–Yo creía que estabas aburrido de mí.

–En realidad estuve sosteniendo una dura lucha contra mi conciencia, que no dejaba de recordarme que eres una chica joven e inexperta, y que necesitas relacionarte con alguien de tu edad.

–Entiendo –con un dedo le delineó el contorno de los labios–. Tú eres muy viejo, claro está.

–Tengo treinta y dos años.

–Un anciano, vamos.

–Para una estudiante universitaria, sí.

–Entonces tiene que pasarme algo muy raro... ya que me siento muy atraída por un hombre tan mayor como tú.

Aquellas palabras conmovieron a Steve tanto como si lo hubiera golpeado en pleno plexo solar.

–¿Te sientes atraída por mí? –le preguntó al fin.

–Yo creía que el beso de ayer era una buena demostración, pero me trataste con tanto distanciamiento que pensé que no estabas interesado en mí, y que simplemente no querías herir mis sentimientos. Cuando ayer te retiraste tan temprano, me quedé aún más convencida de ello.

–No puede imaginarse lo mucho que me ha costado mantener las manos alejadas de usted, señorita McAlister –bromeó Steve–. Si hubiera sabido lo que querías... –se interrumpió, buscando las palabras.

–¿Que quería que hiciéramos el amor? –sugirió ella.

–¡No era eso lo que iba a decir!

–Pero yo quiero que lo hagamos. Creía que yo no era tu tipo. Por supuesto, ahora que ya sé lo anciano que eres, podré comprender que...

En ese instante Steve la acalló con un beso para demostrarle, de una manera efectiva, hasta qué punto la consideraba su tipo... por muy mayor que pudiera ser para ella. Y empezó a acariciarla, deslizando las manos por su espalda, por sus senos y sus muslos, mientras exploraba el interior de su boca con creciente fervor. Robin, a su vez, respondió con una disposición que no pudo menos que sorprenderlo.

Cuando se detuvo por un instante para mirarla, ella le sonrió con expresión dulce, seductora. Tenía los labios enrojecidos, húmedos y levemente hinchados, como si le estuviera pidiendo a gritos que continuara saboreándolos. Steve le acarició el cuello y los hombros antes de apoderarse de sus senos, apenas cubiertos por la parte superior de su bikini. Y de repente se quedó inmóvil, conteniendo el aliento.

–Puedo detenerme cuando quieras, ya lo sabes. Lo único que tienes que hacer es decírmelo.

–No quiero que te detengas –susurró ella.

Steve cerró los ojos, intentando conservar algún control sobre sus propias reacciones. Quería que Robin disfrutara plenamente de aquella experiencia. Bajó la cabeza y le acarició con los labios un seno, apartando a un lado la fina tela del bikini hasta desnudarle un pezón. Luego se lo lamió lentamente hasta endurecerlo, percibiendo su reacción por sus jadeos y suspiros de placer. Se interrumpió por un instante para besarla una vez más en los labios, descubriendo que era una estudiante muy aplicada; no solo recordaba lo que antes habían hecho, sino que además había añadido algunas variaciones propias.

De hecho, estaba aprendiendo demasiado rápido, según advirtió cuando ella empezó a acariciarle los hombros y el pecho desnudo, deteniéndose en las tetillas el tiempo suficiente para endurecerle también los pezones. Cuando se inclinó hacia él para lamerle uno, y luego el otro, Steve tuvo que morderse el labio inferior conteniendo su reacción. Y se apresuró a incorporarse, respirando aceleradamente.

–¿Qué es lo que pasa? –le preguntó ella–. ¿Te he hecho daño?

–Oh, no exactamente –respondió, riendo–. Estoy intentando tomarme esto con tranquilidad, porque si sigues así... me temo que habremos terminado antes de empezar.

Robin ladeó la cabeza y sonrió. Era una sonrisa mortalmente seductora.

–¿Entonces te gusta que te toque?

–Desde luego que sí. Aunque «gustar» no es el verbo más apropiado para describirlo. Es solo que no quiero que nos apresuremos –la observó durante un momento antes de añadir–: Corrígeme si me equivoco, pero tengo la impresión de que no tienes mucha experiencia en estos asuntos.

–Lamento que no sepa mucho. Si tú pudieras enseñarme...

–Dios mío, no te disculpes por ser tan inocente. Solo quiero que tu primera experiencia sea lo más positiva posible.

Terminó de quitarle el bikini y se permitió embeberse por unos segundos en su belleza antes de desnudarse a su vez. Esperó a que ella lo contemplara. Si no hubiera estado tan excitado, habría encontrado divertido el asombrado interés con que lo miraba. Sin asomo alguno de timidez, deslizó las manos por su pecho hasta llegar a su miembro. Y cuando vio cómo reaccionaba ante su contacto, sonrió de placer.

Robin era demasiado encantadora, más allá de toda descripción, y Steve no podía esperar más tiempo. Se inclinó sobre ella, excitado, deslizó una mano entre sus muslos y comprobó con alivio que estaba dispuesta. Luego sacó un preservativo de un bolsillo de sus pantalones. Una vez convenientemente protegido, se arrodilló y empezó a hundirse con lentitud en ella, hasta que sintió la barrera que confirmaba su falta de experiencia.

–No te detengas –murmuró Robin con tono desesperado–. Oh, por favor... no te detengas.

–No quiero hacerte daño.

En ese momento fue ella quien tomó la iniciativa al alzar las caderas, obligándolo a que la penetrara más profundamente. Steve renunció entonces a moverse con cuidado y dio comienzo a un ritmo frenético, imparable. Robin le había hecho olvidarse de todo excepto de lo mucho que la deseaba. Y nunca antes había sentido algo parecido con ninguna mujer. Le asustaba pensar lo mucho que la necesitaba.

En aquel preciso instante Robin empezó a gemir mientras se tensaba, aferrándose a él. Sus internas contracciones le hicieron perder el control, y dio un último embate antes de llegar al orgasmo. Para cuando pudo recuperar la conciencia de sus actos, estaba tumbado junto a ella, abrazándola como si nunca quisiera dejarla marchar. Al ver que al fin se desperezaba, comentó con tono arrepentido:

–Lo siento, amor mío, pero no he podido evitarlo. Nunca me había pasado esto antes y...

Robin lo acalló poniéndole un dedo sobre los labios.

–Has estado magnífico. Por favor, no te disculpes. –Steve la miró asombrado por un momento, antes de sonreír.

–¿Magnífico? ¿Eso crees? Con toda tu amplia experiencia, piensas que yo he sido el mejor, ¿verdad? –bromeó.

–Sin duda. No tenía ni idea de lo que me estaba perdiendo.

Steve se echó a reír, pero de repente se puso serio.

–Es una pena que te marches mañana.

Robin se apoyó sobre un codo y lo miró fijamente.

–Bueno, todavía nos queda hoy, ¿no?

–Puede que no sobrevivamos a este día, pero... –rio Steve–. ¡qué manera de dejar este mundo!

Capítulo Seis

Ya habían hecho poco más de la mitad del camino de vuelta cuando empezó a llover. Steve tomó a Robin de la mano y echaron a correr por la playa hasta llegar al sendero que subía hasta la casa. Nada más ponerse a refugio dentro, descubrieron que estaban completamente empapados. Robin miró a Steve, todavía aturdida por el hecho de que hubiera hecho el amor con él. Tenía el pelo pegado a la cabeza y el agua le corría a chorros por la cara. Sabía que ella debía de tener un aspecto igual de deplorable. Riendo a carcajadas, se lanzó a sus brazos.

Steve la levantó en vilo y se dirigió por el pasillo hasta la puerta que se abría al final. Robin la abrió y entraron. Apenas pudo ver el dormitorio, de proporciones gigantescas, porque la llevó directamente al cuarto de baño contiguo. La ducha era igual de enorme. Steve se desnudó primero y se dedicó luego a quitarle la camisa y a despojarla del bikini. Una vez desnudos, abrió los grifos, ajustando al temperatura exacta, y se volvió hacia ella con una esplendorosa sonrisa.

Robin había soñado con aquella sonrisa. Verdaderamente no estaba segura de dónde terminaban sus sueños y dónde empezaba la realidad; porque aquella realidad parecía superar todas sus fantasías. Entró en la ducha. Bien provisto de gel y de una esponja, Steve la miró con expresión maliciosa y comenzó a enjabonarle suavemente el cuerpo:

71

primero los hombros, luego los senos, la espalda, haciéndola estremecerse de placer.

Luego la sorprendió al arrodillarse frente a ella, pasándole la esponja por el vientre y las nalgas. Acto seguido inclinó la cabeza y besó la mata de vello de su sexo. Sobresaltada, lo miró con expresión de asombro.

–Steve, ¿qué estás...? Oh, Steve, yo... –de pronto se quedó sin habla.

Solo podía sentir, y las sensaciones que estaba empezando a provocarle eran algo que jamás antes había experimentado. La acarició con la lengua y los dedos, hasta que su cuerpo pareció explotar de placer. Cuando le flaquearon las rodillas, se levantó a tiempo de sostenerla.

–¿Estás bien? –le susurró al oído.

Robin solo pudo asentir. Cuando Steve se apartó para frotarse el musculoso pecho con la esponja, ella se la quitó y empezó a enjabonarle cuidadosamente el cuerpo, por delante y por detrás, prestando particular atención a cierta zona. En el momento en que ya se estaban aclarando, Steve no podía estar más excitado.

Robin nunca había imaginado que un cuerpo masculino pudiera ser algo tan magnífico en aquel estado de pura excitación. Lo tocó, deleitada al percibir su inmediata respuesta y oír su gemido de placer. Steve la guió de vuelta al dormitorio hasta que la tumbó sobre la cama.

A partir de entonces perdió toda noción del tiempo: su mundo se redujo entonces a Steve y a todo lo que él le enseñó. Ni una sola parte de su cuerpo dejó sin explorar y acariciar. La hacía sentirse sexy y atractiva, y la animaba a que lo tocara con toda libertad, a hacer lo que siempre había soñado. Estuvieron acariciándose hasta que la pasión ya no pudo ser ignorada y acabaron haciendo el amor. Luego descansaron, dormitando, hasta que nuevamente volvieron a excitarse.

En cierto momento Steve le confesó divertido que había logrado agotarlo por completo, de manera que solo tenía fuerzas para quedarse tumbado para que ella hiciera lo que quisiera con su persona. Fue entonces cuando le enseñó a sentarse a horcajadas sobre él y a controlar la simultaneidad de sus orgasmos. Añadió riendo que tenía la sensación de que había creado un monstruo que ya no podía dominar...

Robin no podía sentirse más feliz. En el momento en que se quedó dormida en sus brazos, comprendió que aquel hombre la había marcado con un fuego que jamás olvidaría.

Cuando a la mañana siguiente se despertó temprano, Robin creyó por un segundo que todo lo sucedido no había sido más que un sueño, hasta que volvió la cabeza y vio a Steve a su lado. Sonrió al contemplar su ancha espalda, evocando la textura de su piel bajo sus dedos. El día anterior había sido tan perfecto, desde el instante en que abrió los ojos en la playa y lo vio allí, hasta el momento en que se durmió hacía tan solo algunas horas... No se podía imaginar a sí misma compartiendo esa intimidad con ningún otro hombre. Además, se alegraba de no haber tenido esas relaciones con nadie antes y, de ese modo, haber esperado a que llegara la oportunidad perfecta.

Como se sentía un tanto dolorida debido a aquella inacostumbrada actividad, decidió levantarse para tomar un buen baño. No queriendo despertar a Steve, volvió a su habitación, y en el cuarto de baño contiguo llenó la bañera con agua caliente perfumada con sales. Suspirando de placer, se metió en ella, echó la cabeza hacia atrás y cerró los ojos. Qué vacaciones tan maravillosas estaba viviendo. Estaba tan contenta de que Steve hubiera ido a buscarla el día anterior a la playa, tan agradecida de que le hubiera confesado el interés que sentía por ella... Se hallaba sumida en un estado de soñolienta satisfacción cuando de repente escuchó su voz:

–¿Robin? ¡Robin! ¿Dónde te has metido? ¡Será mejor que vengas aquí, maldita sea! No quiero que te vayas sin que...

–¡Steve, estoy aquí! –gritó varias veces hasta que él abrió la puerta y asomó la cabeza–. Buenos días –sonrió al ver su aspecto. Con el pelo convertido en una maraña de rizos, solo iba vestido con unos pantalones cortos.

–¿Estás bien?

–Bueno, si quieres saberlo, estoy un poquito dolorida, pero no es nada que un buen baño caliente no pueda arreglar. Creo que ayer tuvimos una jornada un tanto... entusiasta.

–Oh, corazón –Steve se arrodilló junto a la bañera–. Lo siento tanto... No se me ocurrió pensar que... por supuesto que no estás acostumbrada a... –sacudió la cabeza–. ¿En qué estaría yo pensando?

–No creo que ninguno de los dos estuviera pensando mucho.

–Lo sé –se sentó sobre los talones–. Cuando me desperté y no te vi, me asusté muchísimo. Tendremos que salir dentro de un par de horas para que puedas llegar a St. Thomas con tiempo suficiente para que tomes el barco. Mientras tanto... –se interrumpió, vacilando.

–Mientras tanto.... necesito recuperar mi ropa, que si no recuerdo mal debe de estar amontonada en tu cuarto de baño, y secarla para que me la pueda llevar.

–No quiero que te vayas –le dijo Steve, extendiendo una mano para acariciarle la punta de un seno–. No hago más que pensar en los primeros días que estuviste aquí... ¡fíjate cuánto tiempo desperdiciamos!

–Y cuánto dinero pude haberte ganado jugando al póquer y al billar... –bromeó ella–. Suficiente para pagarme un billete de avión de vuelta.

–¿Te das cuenta de que no sé cómo localizarte en Texas? Necesito que me des un número de teléfono, una dirección, algo que...

De repente Robin se sentó en la bañera.

–¿Steve? ¿Pretendes que sigamos en contacto una vez que nos marchemos de la isla?

–¿No lo dabas tú por hecho? –frunció el ceño–. No hay forma de que podamos ignorar lo que hemos descubierto aquí –se levantó lentamente, sin dejar de mirarla–. A no ser que esto no haya sido para ti más que una aventura de vacaciones...

–¡Claro que no! –salió de la bañera y se envolvió en una toalla. No podía recordar ningún momento de su vida en que se hubiera sentido tan vulnerable. Se secó rápidamente y se puso el caftán que le había llevado Carmela el primer día.

–¿Entonces cuál es el problema? –le preguntó Steve, siguiéndola al dormitorio.

–Bueno, ¿es que no ves lo violento que puede llegar a ser esto? –se acercó a la ventana, pensativa–. Yo no quiero que mi familia se entere de que he estado en esta isla. Así que no puedo volver y contarles cómo te he conocido, en qué circunstancias y todo eso...

Podía sentir su mirada clavada en su espalda. Cuando se volvió, Steve le comentó:

–Jamás te he considerado una cobarde.

–Yo tampoco me consideraba a mí misma una cobarde, pero han sucedido muchas cosas y no sé qué hacer al respecto.

—En vez de enfrentarte a lo que ha sucedido... ¿lo que quieres es esconderlo? ¿Es que estás avergonzada?

—No estoy avergonzada —desvió la mirada—. No exactamente. Quizá algo sorprendida de mi propio comportamiento. Pero no lamento haberte conocido, o que nosotros, bueno...

—Ya lo entiendo, Robin —la interrumpió, dirigiéndose bruscamente hacia la puerta—. Lamento haber tardado tanto en comprenderlo. Esto es todo lo que querías: una aventura de vacaciones, y yo estaba perfectamente disponible, ¿no? Bueno, por mí está muy bien. Ciertamente también a mí me has alegrado las vacaciones —se volvió para marcharse—. Le avisaré a Romano de que te vas. Y comeremos antes de irnos.

Una vez que Steve hubo abandonado la habitación, Robin se quedó mirando la puerta cerrada, estupefacta. Lo había complicado todo. No había dicho lo que tenía intención de decirle, ni le había explicado lo que sentía por él. Y en parte se debía a que estaba verdaderamente confundida acerca de sus propios sentimientos.

Lo de las aventuras de vacaciones, ¿no era un gigantesco tópico? Todas aquellas promesas acerca de mantener el contacto, de escribirse y de verse eventualmente cuando cada uno se reincorporara a su vida rutinaria... Comunicarle a su familia la noticia de que había vivido una romántica aventura durante sus vacaciones era un trago difícil, pero lo aceptaría encantada si realmente pudiera mantener una relación duradera con Steve. Aparentemente le había dolido mucho la sospecha de que ella lo había estado utilizando. Tenía que asegurarse de que comprendiera que sus sentimientos por él eran muchísimo más profundos.

Volvió al cuarto de baño de la habitación de

Steve y recogió la ropa húmeda y las toallas que habían usado, y se dirigió luego al otro extremo de la casa. Steve se hallaba en la cocina, tomando un café.

—No me has comprendido bien —se apresuró a decirle Robin antes de entrar en el cuarto de lavado y meter la ropa en la lavadora. Cuando salió, se sirvió una taza de café y se sentó frente a él—. Para mí tú eres mucho más que una aventura de vacaciones.

Steve la observó en silencio por encima del borde de su taza.

—Me alegro de saberlo —pronunció al fin.

—El problema es el siguiente, tal y como lo veo yo. Llevamos varios días aquí solos, y hemos intimado mucho. Pero ninguno de los dos sabe nada sobre la verdadera vida del otro. Necesitamos tiempo para vernos en nuestros respectivos ambientes, para decidir...

—Lo cual es exactamente lo que te estaba diciendo yo. Todavía no hemos tenido tiempo de intercambiar nuestras direcciones y números de teléfono. Sé que estás ocupada con tus estudios, pero quizá por primavera podrías ir a visitarme unos días a Los Ángeles. Podríamos ir a Santa Barbara...

—Oh, Steve —rio Robin—. ¡Si supieras cómo es mi familia! Se molestaron mucho cuando les anuncié mi decisión de hacer el crucero. Si intentase visitarte en Los Ángeles, tendría que hacerlo con tres escoltas...

—¿Me estás diciendo que también te acompañarían en tu luna de miel? —le preguntó, recostándose en su silla.

—Bueno, no —pronunció, ruborizada—, pero como ahora mismo no estamos hablando de eso...

—Tal vez sí —repuso él con tono suave—. No quiero que desaparezcas de mi vida, Robin. Y si para ello tengo que casarme primero contigo y conocerte mejor después, estoy dispuesto a hacerlo.

Robin luchó contra el pánico que le despertaron sus palabras.

–¿Casarnos? ¿Tú y yo?

Steve la contempló en silencio durante unos minutos, con lo cual no aligeró lo más mínimo la tensión del ambiente.

–Robin, me doy cuenta de que no me conoces muy bien, pero no soy el tipo de hombre que le gusten las relaciones frívolas. Nunca me han gustado, y ciertamente no decidí relacionarme contigo simplemente porque estaba de vacaciones. Sé que nos conocemos lo suficiente para entablar una relación profunda, pero necesitamos explorar más adelante esa opción, y no desecharla. Eres la primera mujer que he conocido con quien estoy dispuesto a comprometerme, y eso a pesar de que hace menos de una semana que te conozco. ¿Me estás diciendo que nunca te has planteado el matrimonio como una opción?

Robin apoyó los codos sobre la mesa, abatida.

–Puedo ver cómo te aterra la perspectiva –musitó Steve, sirviéndose otra taza de café.

–No es eso.

–¿Entonces?

–Al menos, no es eso exactamente. Lo que quiero decir es que... no podemos apresurarnos a empezar nada sobre la base de...

–¿De qué? Por mucho cuidado que tuvimos ayer y anoche, ya sabes que esas cosas no son cien por cien fiables. Y lo cierto es que, si ahora mismo me dijeras que estás embarazada, no me importaría. Me gustaría pasar algún tiempo a solas contigo antes de fundar una familia, pero...

–¿No estarás hablando en serio, verdad? –susurró Robin, temblando como si fuera a sufrir un shock de un momento a otro. Aquello era lo último que había imaginado que podría suceder.

—Sí.

—Yo necesito más tiempo —pronunció al fin, con voz débil.

—Te daré todo el tiempo que necesites —se levantó de la mesa—. Vamos a ver cómo está la ropa, para que puedas ponértela para volver a casa, ¿te parece?

Fue al cuarto de lavado, y ella lo oyó meter la ropa en la máquina secadora y encenderla. Steve no añadió nada más. Ni Robin tampoco. Sus pensamientos se atropellaban unos con otros, girando como un remolino. Informarle a su familia de que había conocido a Steve era una cosa. Pero decirle que la había pedido en matrimonio... era algo muy diferente. Pensarían que... Bueno, pensarían exactamente lo que había tenido lugar. Y no les gustaría nada. Robin no quería tener que soportar ninguna escena dramática, y tampoco quería que su familia atacara a Steve por algo de lo que solamente ella era responsable. Robin era consciente de que en todo momento lo había estimulado, en todo momento había querido que le hiciera el amor. Había querido que le enseñara todos los placeres que un hombre y una mujer podían compartir.

Y Steve la había satisfecho. Oh, desde luego que la había satisfecho. De alguna manera, había pensado que sería capaz de guardar bajo llave todas aquellas experiencias y regresar a la vida que había dejado antes de conocerlo. Si hubiera pensado sobre ello, probablemente se le habría ocurrido que podrían intercambiar sus direcciones, para enviarse tarjetas de Navidad, por ejemplo. En todo caso, Steve habría dejado de ser una persona de carne y hueso para convertirse en un maravilloso recuerdo que siempre llevaría en su corazón.

Pero aquello no era lo que había esperado. No lo era en absoluto. Y a nadie tenía que culpar de ello más que a sí misma. En los pocos días que había llegado a conocer a Steve, había descubierto que era un hombre de absoluta integridad moral, que amaba incondicionalmente a su familia. Era cierto que ninguno de los dos había expresado su respectiva actitud hacia el matrimonio, pero Steve le había comentado lo dura que resultaba su profesión para los compañeros suyos que estaban casados. Por sus conversaciones había sacado la impresión de que prefería quedarse soltero a arriesgarse a destrozar una familia con las exigencias de su empleo. En ningún momento le había sugerido que pretendía cambiar de actitud. Por eso no había esperado que se planteara tener con ella una relación seria, y además en un plazo tan corto de tiempo.

Robin oyó la puerta cerrarse a su espalda. Steve se había marchado, probablemente para ver a Romano. Necesitaba recoger las pocas cosas que había traído consigo.

Cuando Steve volvió, ya lo tenía todo metido en su bolsa y estaba sacando la ropa de la secadora.

—Nos marcharemos tan pronto como estés lista —le dijo.

—¿Irás con nosotros?

—Puede que te parezca extraño, pero no tengo ninguna prisa por decirte adiós. ¿Tienes alguna objeción a eso?

—Claro que no —sonrió, y se acercó a él para deslizar los brazos por su cintura—. Eres lo mejor que me ha sucedido en mi vida, Steve. Solo ten un poquito de paciencia conmigo, ¿vale?

—¿Quieres saber la terrible y vergonzosa verdad?

–le preguntó él, abrazándola con fuerza–. Estoy aterrado de perderte. Es como si hubiera esperado toda mi vida a que aparecieras. Y tengo la deprimente impresión de que tan pronto como te marches de esta isla... desaparecerás y nunca más volveré a verte.

–Eso nunca sucederá.

–Confío en que tengas razón. Y será mejor que te vistas, si no quieres que te lleve de vuelta a la cama –deslizó las manos por sus nalgas y la atrajo hacia sí, para que comprobara lo muy excitado que estaba.

Robin se apartó de él, terminó de recoger la ropa de la secadora y se dirigió apresurada al dormitorio. Cuando salió, vio que Steve también se había cambiado de ropa: iba con unos pantalones largos caqui, una camiseta de polo y sus habituales zapatos marineros. Sacándose algo del bolsillo, le dijo:

–Toma mi tarjeta, con mi dirección y número de teléfono de casa y del trabajo, para que puedas llamarme donde quieras. No la pierdas. Mi número no figura en la guía telefónica.

A su vez, Robin le entregó un pedazo de papel.

–Y aquí están mis señas.

Steve lo dobló cuidadosamente y se lo guardó en su billetera.

–Gracias –repuso, como si acabara de recibir un regalo de inestimable valor–. Bueno, tenemos que irnos.

Salieron de la casa y llegaron a un pequeño muelle avanzado sobre el agua. Romano los saludó sonriente, antes de ayudar a Robin a abordar el bote. Steve la siguió. Se instalaron en la parte de atrás mientras, en la cabina del piloto, el anciano maniobraba para salir a mar abierto.

Steve le rodeó los hombros con un brazo y ella

apoyó la cabeza sobre su pecho. La isla estaba desapareciendo rápidamente de su vista. Podía escuchar el firme latido de su corazón bajo su oreja. Resultaba difícil de creer que aquellos cinco días con él estuvieran a punto de terminar. Habían hablado mucho de sus respectivas vidas, pero en ningún momento habían tratado el tema de su futuro... hasta aquella misma mañana.

Robin admitió que se sentía asustada. No se sentía preparada para aquello. Necesitaba tiempo para distanciarse de la magnética personalidad de Steve, para examinar con mayor objetividad lo que había sucedido entre ellos. Tenía demasiadas cosas en perspectiva: aceptar el empleo de la agencia, alquilarse un apartamento, independizarse de su familia... Si se casaba con Steve, pasaría a formar parte de la vida de otra persona, con todos los compromisos y expectativas que ello entrañaba... Y sin embargo, el pensamiento de no volver a verlo la aterraba aún más.

—Gracias por esta semana —dijo al fin.

—El placer ha sido mío. Créeme.

—¿Te quedarás mucho más tiempo en la isla?

—No lo sé —Steve se encogió de hombros—. Quizá una semana. Aún no lo he decidido. No va a ser lo mismo sin ti.

El resto del viaje transcurrió entre largos silencios y banales comentarios. Robin se quedó sorprendida al descubrir una gran isla en el horizonte, que se acercaba cada vez más.

—Ya casi hemos llegado —pronunció.

Sintió una inmensa oleada de alivio cuando se acercaron al puerto y distinguió el crucero atracado. Steve le pidió a Romano que enfilara el bote directamente hacia el barco. Cuando se situaron a su costado, uno de los marineros de la tripulación ayudó a Robin a abordar.

–Llámame cuando regreses a Los Ángeles –le dijo a Steve, levantándose e intentando conservar el equilibrio en el bote.

–Cuenta con ello –repuso. Y le dio un ávido, desgarrador y posesivo beso que la dejó temblando de emoción y deseo–. Cuídate. Hazlo aunque sea por mí, ¿vale? –añadió cuando al fin la soltó, apartándose.

Robin sonrió, aunque tenía los ojos inundados de lágrimas.

–Haz tú lo mismo –subió por la escala y observó alejarse el bote. Saludó con la mano a Steve y le lanzó un beso.

Su sueño de vacaciones acababa de terminar. ¿Seguirían sintiendo lo mismo el uno por el otro durante las semanas y meses venideros? Temía descubrirlo. En cualquier caso, su vida nunca volvería a ser la misma.

Capítulo Siete

–¡Oh, Dios mío! ¡Has vuelto! Nadie me advirtió de que ibas a reincorporarte al crucero. ¡Yo creía que habías tomado un avión de regreso a casa! ¡Oh, Robin, me alegro tanto de verte...!

Robin se sentó en la litera, aturdida. Había vuelto a su camarote decidida a echarse una siesta. Y en aquel instante estaba contemplando, entre soñolienta y asombrada, a su vehemente amiga, que acababa de sentarse en su cama hablando sin parar.

–¿No ha sido una experiencia horrible que te quedaras abandonada en una isla? ¡No pude dar crédito cuando decidieron marcharse sin ti! Le dije al capitán lo que pensaba al respecto, puedes estar segura de ello. Por supuesto, él me recordó las ordenanzas de a bordo, pero aun así –en un impulso Cindi la abrazó, apartándose en seguida para mirarla–. ¿Te encuentras bien?

–Bueno –se echó a reír–, creía que lo estaba hasta que un huracán entró en mi habitación –se apartó el cabello del rostro–. Yo también me alegro de verte –todavía riendo, añadió–: ¿Realmente le recriminaste al capitán que se hubieran marchado sin mí?

–¡Pues claro! Tú habrías hecho lo mismo. Estaba tan preocupada de que algo malo te hubiera sucedido... Al menos me aseguraron que habías llamado para decir que estabas bien. ¿Cómo diablos lograste encontrar un teléfono?

–¿Recuerdas que nos dijeron que la isla tenía un propietario? –al ver que Cindi asentía, agregó–: Bueno, pues resulta que conocí a un hombre que estaba pasando allí las vacaciones, con permiso del dueño, en compañía de una pareja de ancianos que cuidaba de la propiedad. Fue él quien me encontró en la playa y me invitó a ir a su casa. Se mostró muy amable conmigo. Llamó a la línea de cruceros y consiguió el número del barco para que yo pudiera ponerme en contacto. Una vez que se enteró de que el barco no volvería a pasar por la zona hasta cinco días después, insistió en que me quedara en su casa. Fue encantador conmigo.

–¿Un «hombre»? –inquirió Cindi, asombrada–. ¿Conociste a un hombre mientras estuviste abandonada en esa isla? ¡Vaya suerte que tuviste! –exclamó, entusiasmada–. ¡Vamos, háblame de él!

–Ya lo he hecho. Era un hombre muy amable.

–También lo es mi abuelo. ¡Ya sabes a lo que me refiero! ¿Es joven? ¿Soltero? ¿Guapo?

–Pues sí.

–¿Cómo es? Descríbelo.

Robin cerró los ojos mientras evocaba una vez más lo que sabía permanecería grabado en su memoria durante el resto de su vida. Luego se encogió de hombros con un falso gesto de despreocupación.

–Oh, ya sabes, el tipo de hombre al que encontrarías viviendo solo en una isla desierta... alto, moreno, muy guapo, con un cuerpo de dios griego, extremadamente inteligente, un gran sentido del humor y...

–Ya, claro. En realidad era gordo, calvo y tenía setenta años, ¿verdad?

–No –suspiró Robin–, en realidad es un bombón sacado de una revista de moda, Cindi. La primera vez que lo vi, creí estar en el paraíso. La encarnación de la fantasía de cualquier mujer.

–¿Seguro que no te estás burlando?

–Te lo prometo por lo más sagrado.

–¡Guau! –exclamó Cindi, impresionada–. Yo aquí, sintiéndome tan mal porque habías perdido el crucero... ¡y tú viviendo ese maravilloso sueño! ¡Tienes que contármelo todo! Y todo es... «todo». ¿Cómo se llama?

–Steve Antonelli.

–Antonelli... ¿por qué me suena tanto ese nombre? Quizá sea un modelo, o una estrella de cine... ¿te dijo lo que hacía? ¿De dónde es?

–Es de Los Ángeles. Trabaja de policía.

–¿Un poli? –repitió Cindi–. ¿De verdad? –alzó los ojos al cielo y de repente chasqueó los dedos–. ¡Ya lo sé! Había un Tony Antonelli que jugaba al béisbol hace años. Mi padre siempre decía que era el mejor jugador desde Di Maggio.

–Es el padre de Steve. Me avergüenza reconocer que no sabía quién era su padre...

–Bueno, a ti nunca te interesaron los deportes. Además, hace bastante tiempo de eso. Dime, ¿cómo es? ¿Qué es lo que hicisteis?

–Supongo que lo que tú esperarías que hiciéramos –Robin se encogió de hombros–. Nadamos en el mar... ¡oh, Cindi, deberías haber visto la playa! Recorríamos la isla, admirábamos los atardeceres, ya sabes, esas cosas...

–¡No te detengas! –se quejó su amiga, irritada–. ¿Qué hacíais para entreteneros?

–La casa parecía un club privado. Tenía mesa de billar, de ping pong y todo tipo de juegos.

–¿Se sorprendió de lo bien que juegas al billar, o decidiste dejarlo ganar?

–Ni hablar. Lo dejé en cueros.

–¿Literalmente?

–No. No literalmente –esbozó una mueca–. Se comportó como un perfecto caballero durante todo el tiempo que estuve allí.

Cindi le tomó un mano y se la acarició con una mezcla de simpatía y fraternal conmiseración.

–Oh, Robin, cariño. Siento tanto oír eso. ¿Crees que es gay?

–Por supuesto que no es gay. Quiero decir que... me demostró algún interés. Me besó algunas veces... me dio su tarjeta y me aseguró que quería mantener el contacto conmigo.

–Hmmm –Cindi se levantó de la litera–. Cinco días con un hermoso semental italiano y lo único que me puedes decir de él es que es generoso y que se comportó como un caballero. A mí no me parece una situación nada divertida. Bueno, ¿y qué se suponía que estabas haciendo hace un rato? ¿Quedarte dormida? Ya casi es la hora de cenar.

Robin se desperezó, levantándose también de la cama.

–Solo estaba descansando. Por cierto, ¡tú tienes que contarme todo lo que me he perdido durante estos cinco últimos días!

–No sé por donde empezar –repuso Cindi–. Vistámonos y vayamos luego a cenar. Esta noche van a presentar un gran espectáculo. Tenemos que aprovechar todo lo posible lo que nos queda de crucero. Pasado mañana ya estaremos de vuelta en Miami.

Aquella noche fueron a una de las cafeterías de cubierta y se instalaron en cómodas tumbonas a saborear unos daiquiris. Soplaba una suave y refrescante brisa. Robin alzó la mirada a las estrellas y se preguntó por lo que estaría haciendo Steve en aquel preciso momento. ¿También estaría contemplando las estrellas? ¿Pensando en ella? ¿Echándola de menos?

Ella, desde luego, lo echaba de menos, pero

también se daba cuenta de lo fácil que le había resultado reencontrarse con su vieja amiga y volver a sus hábitos de siempre. Era como si la isla se estuviera alejando cada vez más hasta convertirse en un lugar mágico de su pensamiento: el lugar donde había conocido y había hecho el amor con el hombre perfecto. Cualquier otra cosa que hubiera sucedido entre ellos no habría hecho más que estropear lo anterior...

Pero entonces, ¿por qué lo echaba tanto de menos? Necesitaba desahogarse con alguien, pero a pesar de la solicitud de Cindi, y de su curiosidad por saber exactamente lo que había sucedido, no podía contarle nada. No podía expresar con palabras todas las emociones que había experimentado. De hecho, no existían palabras para describir lo que había significado para ella estar con Steve.

–¿Te has quedado dormida? –le preguntó al fin Cindi, y Robin se dio cuenta de que durante todo ese tiempo había permanecido en silencio.

–No, claro que no. Me has contado todo lo que hiciste, los lugares que has visitado, pero ha tenido que haber... –se interrumpió para dar un efecto dramático a su pausa–... «un hombre». Tuviste que conocer alguno durante estos días de viaje, ¿no?

–Bueno, la verdad es que sí –rio Cindi.

–¡Vaya! Y no me lo habías dicho, después de todo lo que insististe en que yo te hablara del mío...

–Bueno, no quería que pensaras que, una vez que te perdí de vista, me había dedicado a soltarme el pelo y a ...

–Jamás habría pensado eso. Vamos, cuéntame.

–Se llama Roger, y estudia Derecho en Yale. Congeniamos muy bien desde el primer momento. Su compañero de camarote y él habían planeado pasar una semana en St. Croix, pero su amigo se borró a última hora y él decidió ir solo. Yo le expliqué lo que te había sucedido, y no pudimos menos que reírnos de la manera en que nos había unido el destino... pasamos la mayor parte del día juntos –se interrumpió por un instante–. Me gusta mucho, Robin. Y creo que yo también le gusto bastante a él. Resulta difícil de explicar, pero lo cierto es que puedes estar con alguien muy poco tiempo y tener la impresión de que lo conoces de toda la vida.

–Lo sé.

–Intercambiamos las direcciones y los números de teléfono, pero no pienso contener el aliento hasta que sepa algo de él. Nos divertimos mucho, pero no quiero ponerme a fantasear sobre lo que pasará de ahora en adelante.

–Yo tampoco.

A la mañana siguiente Robin se despertó temprano, resentida de unos dolores en el estómago y el vientre que, con toda seguridad, no atribuyó a la posibilidad de que estuviera embarazada. Evidentemente, se sintió aliviada por ello. Lo último que necesitaba en aquellas circunstancias era un inesperado embarazo. Recordó lo que le había dicho Steve acerca de tener hijos con ella. Necesitaba llamarlo para asegurarle de que no habría repercusiones de su estancia en la isla... Al menos que fueran visibles.

Se sentía tan distinta de la Robin que apenas la semana anterior había bajado del crucero para visitar las pozas de la isla, cuando la mayor de sus preocupaciones en aquel entonces había sido el comportamiento hiperprotector de sus hermanos... Ahora estaba pensando seriamente en relacionarse con un hombre que tenía una profesión peligrosa, que vivía a miles de kilómetros de Texas y que la hacía temblar con solo tocarla. Tenía miedo de sus propios sentimientos. Miedo de perder su propia identidad antes de tener tiempo de encontrarla.

Después de tomar una medicina para los dolores, Robin volvió a su litera. Cuando se despertó Cindi, le dijo cómo se encontraba y que pensaba quedarse en la cama durante todo el día. Al día siguiente regresarían a Miami, donde tomarían un avión para Texas.

Una vez que estuviera en casa, ya decidiría sobre lo que necesitaba hacer.

Robin ya llevaba tres días en su apartamento de la universidad. Era la primera tarde que Cindi había salido, así que estaba sola. Sacó de su bolso la tarjeta de Steve y la examinó con atención. Luego la dejó sobre la mesa, tomó el teléfono y marcó su número. En seguida saltó el contestador automático, con la voz de Steve:

–Por favor, deje su mensaje.

–Hola, Steve –pronunció, tragando saliva–, soy Robin. Solo llamaba para decir que todo me ha ido bien. No tengo ningún efecto... duradero de mi estancia en la isla. Mi vida ha vuelto a la normalidad. El nuevo semestre empezó ayer. La verdad es que esta primavera voy a estar muy ocupada. Quiero darte una vez más las gracias por tu hospitalidad. Me ha encantado conocerte. Gracias por haberme regalado unas vacaciones tan memorables.

Ya estaba. Esperaba que no le hubiera salido un tono demasiado solemne, demasiado emocionado. No quería parecer como si estuviera sentada al lado del teléfono esperando a que él llamara...

Transcurrió una semana. Luego otra. Y otra más.

Ya no volvió a saber de él. Conforme iba pasando el tiempo, empezó a resultar obvio que todo lo que le había dicho Steve Antonelli no había sido más que una mentira.

Otra noche se había quedado en casa con la excusa de que necesitaba estudiar, cuando de pronto tomó conciencia de lo estúpida que había sido al creer que realmente Steve tenía intención de conservar el contacto con ella. Y «él» la había acusado a «ella» de querer solamente una aventura de vacaciones. Qué ironía.

No se sorprendía de que se hubiera apresurado a hacerle esa acusación, porque era eso lo que él había tenido en mente durante todo el tiempo. ¡Y pensar que se había tomado en serio incluso su alusión al tema del matrimonio! La había convencido completamente de su sinceridad. ¡Qué ingenua había sido! Ahora mismo, con sus amigos de Los Ángeles, todavía debía estar riéndose de ella.

Recogió la tarjeta que él le había dado, que había insistido en darle, y sacudió la cabeza con un gesto de disgusta. Decidió no deprimirse. Lanzó la tarjeta al cesto de los papeles y salió del apartamento. Iría a ver una película, a buscar a unas amigas, a jugar un poco al billar. Haría cualquier cosa excepto quedarse en casa esperando a que sonara el teléfono.

Por lo que a ella se refería, Steve Antonelli ya era historia.

Capítulo Ocho

Los Ángeles, California
Finales de marzo

Volvemos ahora al inesperado encuentro de Steve con los airados hermanos de Robin...

Steve observó a los tres hombres alineados frente a él, buscando alguna semejanza con Robin. Aparte de la evidente dureza de su aspecto, reconoció el mismo tono verde de sus ojos en alguno, el brillo cobrizo de su pelo en otro. Ésos debían de ser los hermanos de los que ella le había hablado: los que la habían enseñado a jugar tan bien al póquer y al billar. Le costaba algún esfuerzo imaginarsea Robin en compañía de esos tipos, pero... ¿acaso no se había dado cuenta de que en realidad no la había conocido en absoluto?

–¿Os ha enviado Robin? –preguntó al fin, llevado por la curiosidad.

Durante varios segundos nadie dijo nada. Luego el mayor de los tres sacó una tarjeta de un bolsillo y se la tendió a Steve.

–Tú le diste esto, ¿no?

Era la misma tarjeta que le había entregado en la isla.

–Eso no responde a mi pregunta. ¿Sabe ella que estáis aquí? –como ninguno dijo nada, añadió, cruzándose de brazos–: Creo que estoy empezando a comprenderlo. Robin me habló de vosotros... de lo que os gusta meteros en su vida, seguirla a todas partes como una manada de lobos, intimidar a cualquiera que demuestre algún interés por ella... Así que ahora habéis decidido emplearos a fondo. Dado que no estuvisteis pegados a Robin durante sus vacaciones, estáis convencidos de que cualquier hombre con quien se vio se aprovechó automáticamente de ella.

Aquel al que llamaban Jim le preguntó:

—¿Estás diciendo que tú no te aprovechaste de ella?

—Exactamente —le sostuvo la mirada—. No es que sea asunto vuestro, pero el motivo por el que le entregué esa tarjeta no fue para que vosotros pudierais darme caza y arrastrarme a Texas... para convertir en una mujer honesta a vuestra hermana. De hecho, había esperado que ella quisiera seguir en contacto conmigo, quizá incluso que nos diera a los dos la oportunidad de llegar a conocernos mejor. Sin embargo, ella misma me dejó claro que no estaba en absoluto interesada en mantener una relación de cualquier tipo conmigo.

—¿Oh? ¿Y se puede saber cómo hizo eso? —inquirió el mayor de los hermanos.

—Muy convenientemente me dio un número equivocado de teléfono. Así que cuando llamé, me respondió un tipo que no la conocía ni de oídas. Y como su número no aparecía en el listín, finalmente deduje que no había querido decirme a la cara que no deseaba volver a saber nada de mí.

—Cindi comentó algo acerca de que Robin no quería hablar con él, ¿os acordáis? —murmuró uno de los hermanos a los demás, entre dientes.

—¿Cindi? ¿Su compañera de apartamento en la universidad? —inquirió Steve.

—¿La conoces? —preguntó a su vez el líder del grupo.

–No personalmente. Robin y ella era amigas desde el colegio.

–Mira –le dijo el líder, adelantándose hacia él–, quizá no lo hayamos hecho muy bien. ¿Te importaría que empezáramos desde el principio? –antes de que Steve pudiera protestar, el hombre continuó–: Soy Jason McAlister, Jr. Estos son mis hermanos, Jim y Josh. Mucho me temo que Robin te haya dado una impresión equivocada sobre nosotros.

–Oh, no lo creo. Entrar a la fuerza en una propiedad es un delito. Y el detalle de que eso se lo hayáis hecho a un detective de policía de Los Ángeles es el colmo de la arrogancia. No tengo ninguna duda en creer que los tres habéis convertido la vida de Robin en un infierno. De hecho, después de conoceros puedo entender perfectamente por qué no quiera saber nada con ningún hombre.

–No, espera un momento... –dijo Josh, rojo de indignación–. ¿Sabes una cosa? ¡Me da igual que seas policía o no!

Steve miró a Jason.

–El irascible temperamento de tu hermano acabará por traerle problemas uno de estos días.

El asentimiento de Jason fue casi imperceptible. Miró a Josh:

–Tranquilízate. Ya sabemos todos lo duro que eres.

Steve casi sonrió al ver el rubor, esa vez de indignación, que tiñó las mejillas de Josh.

–Evidentemente necesitamos hablar –afirmó–. No os conozco, pero podría invitaros a café ¿no? Bajemos abajo y os prepararé uno –mientras hablaba se dirigió hacia la puerta, como si los dos hermanos menores no siguieran bloqueándola.

Josh continuaba mostrándose reacio a moverse, pero Jim esbozó una sonrisa, muy parecida a la de Robin, y se hizo a un lado para dejarlo pasar.

Una vez en el piso de abajo, Steve les invitó a sentarse.

–Por cierto, ¿cómo habéis llegado hasta aquí?

–Jase nos trajo en su avión –respondió Jim–. En el aeropuerto alquilamos un coche. Decidimos que cuanta menos gente supiera de nuestro viaje, mejor.

–¿Sois conscientes de que ahora mismo podría deteneros a los tres, verdad? Tendríais suficientes cargos para pasar una buena temporada entre rejas.

–Ah, pero tú no querrías hacer algo así –rio Jim–. Encerrar a tus cuñados en una prisión no sería la mejor manera de empezar tu nueva vida de casado.

Steve cerró los ojos por un instante.

–Mirad, chicos, no sé de dónde habéis sacado la idea de que voy a casarme con Robin, pero estáis muy equivocados –recordó el cortés y formal mensaje de Robin que había estado esperándolo en el contestador cuando regresó a casa. Definitivamente había sonado a despedida. El problema era que no lo había reconocido desde el principio–. Tengo mucha curiosidad por saber por qué pensáis vosotros que debería hacerlo.

Jason y Jom miraron a Josh.

–Vamos... díselo –le dijo Jason.

Steve tuvo que disimular una sonrisa al ver la horrorizada expresión de Josh.

–No puedo. Ya os lo dije. Le prometí a Cindi que no soltaría una sola palabra.

–Ya rompiste esa promesa cuando nos lo dijiste a nosotros. Así que ahora díselo a él.

Josh suspiró, mirando disgustado a sus hermanos.

–Oh, de acuerdo, pero Cindi me matará por esto.

–Tengo el presentimiento de que Cindi tendrá que aguardar cola, detrás de la propia Robin –repuso Steve. Después de servir café a todos, se sentó y esperó.

–Bueno –pronunció Josh, rascándose la oreja–, el caso es que el otro día vi a Cindi en la universidad y me preguntó dónde estaba Robin. Fue entonces cuando me confesó lo preocupada que estaba por ella.

Steve se irguió en su silla. ¿Acaso había sucedido algo trascendental de lo que no estuviera enterado? El mensaje que le dejó Robin había contenido la velada referencia de que no estaba embarazada. ¿También le habría mentido sobre ello?

–¿Te contó por qué? –le preguntó, ya que Josh no parecía nada deseoso de continuar con su relato.

–Sí, de hecho, me dijo que Robin no había sido la misma desde que volvieron de su crucero. También me contó que se había quedado tirada en una isla a mitad de viaje, un detalle que nuestra querida hermana omitió decirnos en su momento. Así que empecé a hacerle todo tipo de preguntas. Fue entonces cuando Cindi me dio esa tarjeta. Al parecer la había encontrado en el cesto de los papeles y reconoció tu nombre. Robin le había mencionado que te había conocido en aquella isla, y que no había vuelto a hablar de ti desde que regresó. Cindi piensa que en aquella isla sucedió algo de lo que no quiere hablar. Sea lo que sea, ese algo ha cambiado a Robin. Cindi dice que es como si hubiera envejecido...

–O quizá simplemente ha crecido –lo interrumpió Steve con un leve sarcasmo.

–Yo pienso lo mismo –opinó Jason, recostándose en su silla–. Y no he hecho más que preguntarme cómo es que una chica joven, extremadamente atractiva e inocente, de pronto crece y madura de esa forma pocos días después de pasar un tiempo a solas con un hombre que... bueno, al que Cindi gusta de referirse como «el semental italiano».

—¿Qué? —a punto estuvo Steve de derramar su taza de café—. ¿Cómo diablos...?

—Bueno, así es como te califica Cindi cuando habla de ti. Yo creía que era tu apodo, o algo parecido —explicó Josh, un tanto a la defensiva—. Por todo lo que sabemos, lo mismo podías haberte dedicado profesionalmente al *streap tease*.

Steve se echó a reír. Porque o se reía o le estampaba el puño en la cara a ese tipo. Aquella situación se estaba volviendo cada vez más absurda.

—A ver si lo entiendo. ¿Lo que os preocupa es que vuestra hermana haya madurado en estos últimos días? ¿Es eso?

Jason apoyó los brazos sobre la mesa y se inclinó hacia Steve, clavándole su fría mirada.

—Estamos aquí, Sherlock Holmes, porque tengo la fuerte sospecha de que en esa isla le sucedió algo a Robin que «no tenía que» haberle sucedido. Eso es lo que pienso. Es la única explicación para su extraño comportamiento. No quiero andarme por las ramas contigo, pero tampoco quiero lanzarte una andanada de preguntas directas a las que puedas contestar con un montón de mentiras. Digamos que conozco la naturaleza humana. Tal como yo lo veo: coloca a dos tipos jóvenes y atractivos en una isla desierta durante unos días y una cosa llevará a la otra. Añade a eso el hecho de que Cindi dice que Robin no ha sabido nada de ti desde que volvió y...

—¡Por supuesto que no ha sabido nada de mí! ¡Ya os lo he dicho, me dejó un número de teléfono que no era el suyo porque era «ella» la que no quería saber nada de mí!

Jason continuó como si Steve no hubiera pronunciado una sola palabra.

–En ese caso, tu estancia en esa isla acabará en boda antes de que pase un mes.

–No podéis obligarnos a casarnos –replicó Steve, consciente de que había pasado a adoptar un tono beligerante. Ya no le importaba. Ya estaba harto. Ojalá no volviera a ver a un McAlister durante el resto de su vida...

–¿Eso crees? –inquirió Jason, arrastrando las palabras–. Bueno, pues espera y verás.

Capítulo Nueve

Steve caminaba por el campus de la Universidad de Texas, admirando los edificios, las estatuas, la torre y el estadio. Se quedó un poco sorprendido del calor que hacía en aquella época del año. Llevaba cuarenta minutos recorriendo todos sus rincones y ya estaba empezando a resentirse de la alta temperatura. Miró su reloj. Según Josh, faltaban unos diez minutos para que Robin saliera de su última clase de la mañana.

No conocía bien a la gente de Texas, pero sí estaba seguro de una cosa: siempre estaban decididos a salirse con la suya. De hecho, si en aquel momento estaba allí, en Texas, se debía precisamente al compromiso al que había llegado con los hermanos de Robin. Habían convenido en que no volverían a insistir en que se casara con Robin si aceptara regresar a Texas con ellos, entrevistarse con ella, descubrir por qué le había mentido y, si era posible, descubrir también a qué se debía el cambio de comportamiento que tanto había preocupado a Cindi. Si ella le dejaba claro que no quería saber nada de él, entonces los hermanos le dejarían en paz. Una oferta bastante generosa, teniendo en cuenta las circunstancias.

No les importó que no dispusiera de tiempo para hacer todo eso, ni tampoco el estado de su cuenta bancaria, poco propicio para más viajes. Pero lo cierto fue que a Steve tampoco le importó. Tan pronto como se enteró de que la mejor amiga de Robin, así como sus hermanos, estaba tremendamente preocupada por ella, comprendió que nunca sería capaz de olvidarse de aquel asunto si no lo enfrentaba cara a cara. Esto es, si no mantenía un final, y seguramente humillante, encuentro con Robin McAlister.

El hecho de que a esas alturas todavía estuviera tan deseoso de verla era la parte más humillante: lo suficiente como para que le hubiera mentido a su capitán, diciéndole que tenía un problema familiar grave. Por culpa de aquella escapada, muy bien podría llegar a perder su trabajo... Mientras esperaba a que apareciera Robin, su nerviosismo no hacía más que aumentar.

Finalmente la vio, distinguiéndola de inmediato entre la multitud de jóvenes por su manera de andar, de moverse, por la gloriosa melena rojiza que caía sobre sus hombros. Oh, sí, era ella. La habría reconocido en cualquier parte, en cualquier circunstancia. Steve se había puesto un traje informal para aquel encuentro, sin corbata. Llevaba abierto el cuello de la camisa, y la chaqueta colgando despreocupadamente de un hombro. Nada más verla se había incrementado dramáticamente su temperatura corporal.

Ella no lo vio, pero tampoco había razón para que estuviese buscándolo. Sus hermanos le habían sugerido que la sorprendiera. Incluso habían decidido que cuanto menos supiera Robin de su papel en su súbita aparición, más probabilidades habría de conservar la armonía en la familia. Dado el carácter de Robin, Steve podía entender que estuvieran preocupados por su reacción cuando se enterara de lo ocurrido, y él estaba decidido a decírselo. Seguro que merecería la pena ver cómo les arrancaba el pellejo. No podía sentir lástima por ellos. Necesitaban aprender a dejar de meterse en los asuntos de los demás, por mucho que quisieran a la gente.

Esperó hasta estar cerca antes de llamarla por su nombre. Robin dio un respingo como si hubiera recibido una descarga eléctrica, y se giró en redondo con una expresión de animal herido en los ojos. Y en aquel momento Steve pudo entender por qué tanto su amiga como su familia habían estado tan preocupados por ella. Había perdido peso, y a juzgar por sus ojeras, también más de unas cuantas noches de sueño. Lo miraba con los ojos muy abiertos, pálida. Steve dio un paso hacia delante y la tomó del brazo, temeroso de que pudiera desmayarse, pero ella lo rechazó.

—¿Qué estás haciendo aquí? —le espetó, mirando a su alrededor como recelando de que la vieran hablando con él.

Su actitud le confirmó a Steve lo que ya sabía: que él era la última persona a la que deseaba ver. Pero allí estaba, lo quisiera o no, y además dispuesto a resolver la situación. Nadie podría acusarlo de ser un cobarde.

—Me estaba preguntando si podríamos ir a algún lugar a tomar algo y charlar un poco.

Nunca habría creído que pudiera llegar a palidecer más todavía, pero así fue.

—No entiendo a qué has venido —repuso, terca.

—Ya lo sé, por eso te estoy sugiriendo que vayamos a un lugar tranquilo donde pueda explicártelo —miró a su alrededor, como señalando la corriente de estudiantes que los rodeaba.

—De acuerdo —cedió, demostrando muy poco entusiasmo.

Una cosa era segura, pensó Steve: aquel encuentro nunca sería calificado de sonoro éxito. No se le había ocurrido imaginar que el simple hecho de verlo hubiera podido molestarla tanto. O disgustarla. Después de todo, Robin le había enviado un mensaje muy claro, tanto al darle un número de teléfono equivocado como el recado que le dejó en su contestador: que ya lo había desterrado de su vida.

Algo que él aceptaba. Diablos, había estado muy ocupado continuando con su propia vida, ¿no? Si no hubiera sido por aquellos malditos hermanos suyos... Una vez más la tomó del brazo y se dirigió hacia la zona de aparcamiento.

–¿A dónde vamos? –le preguntó, incómoda.

–No te estoy secuestrando, si es eso lo que te preocupa. Había pensado que podríamos salir del campus. Por cierto, ¿qué te pasa? Te estás comportando de una manera muy infantil. Creo que es importante que hablemos. Si no pensara eso, no habría venido hasta aquí.

Robin desvió la mirada, aparentemente, incluso el hecho de verlo la molestaba. Aquello no le gustaba nada en absoluto a Steve. Algo raro le sucedía, y no se marcharía de Texas sin descubrir antes el motivo.

Cuando llegaron ante el coche que había alquilado, Steve le abrió la puerta. Una vez sentado al volante, se volvió hacia ella.

–¿Y bien? ¿Conoces algún sitio?

Robin lo guió fuera del campus, hasta un restaurante situado en las afueras, con una terraza a la sombra de unos árboles. Aparcaron y encontraron una mesa. Pidieron unas bebidas y permanecieron sentados en silencio, mirándose con cierto recelo.

–No parece que hayas estado durmiendo demasiado –le comentó Steve.

–He tenido que estudiar mucho –respondió, encogiéndose de hombros–. A ti, en cambio, parece que te han sentado bien las vacaciones.

–Sí. Sobre todo los momentos que compartí contigo.

–Por favor, dejemos eso, ¿vale? No quiero hablar de ello.

La observó durante un buen rato antes de recostarse en su silla, deprimido por lo que estaba viendo. ¿Qué diablos le había hecho para que apenas se dignara a mirarlo, para que no quisiera hablar con él?

–Lo siento –pronunció al fin Steve, después de que les sirvieran sus refrescos.

–¿Por qué? –le preguntó ella, mirándolo con expresión de sospecha.

–Por lo que sea que haya hecho para disgustarte tanto.

Robin abrió mucho los ojos y empezó a reír, pero Steve no encontró nada divertido ese sonido.

–Bueno, déjame empezar entonces... ¿por haberme hecho que me sintiera como una estúpida ingenua, quizás? ¿Por haberme montado esa estupenda escena la mañana que me marché de la isla, con todas esas cosas que me dijiste acerca de lo especial que era para ti, de lo mucho que te importaba, cuando en realidad todo era una gran mentira? Incluso me hablaste de matrimonio, y todo era falso. ¿Y tú me acusas a mí de ser una cobarde? Al menos fui sincera contigo cuando te dije que me sentía confundida por la rapidez con que había sucedido todo. Quería tomármelo con tranquilidad, dejar que entre nosotros las cosas se desarrollaran naturalmente... ¡y tú me hiciste sentir como si fuera yo la que te estaba utilizando a ti!

–¿Cómo.. si es que no te importa explicármelo... cómo pudiste esperar que nuestra relación se desarrollara naturalmente cuando me diste a propósito un número de teléfono que no era el tuyo? Oh, y eso para no hablar del mensaje de despedida que me encontré en el contestador cuando llegué a casa.

–No tengo la menor idea de lo que estás hablando. Te di mi número, no el de otra persona. Y mi mensaje no tenía nada que ver con una despedida. Era un mensaje con las palabras muy bien escogidas para decirte que no estaba embarazada y que no tenías nada de qué preocuparte –replicó, cada vez más ruborizada.

Steve estaba acostumbrado a manejarse con todo tipo de gente en todo tipo de situaciones. Se le daba bien interpretar los gestos de los interlocutores. Y por eso resultaba obvio que Robin creía apasionadamente en lo que le estaba diciendo. Reflexionó sobre sus palabras. Quizá su mensaje no había tenido el tono de despedida que él le había encontrado. La primera vez que lo oyó le había parecido perfectamente cortés y educado: recordaba bien la alegría que sintió de que le hubiera llamado.

Sacó su billetera y extrajo la evidencia de que lo había engañado. Como buen policía que era, había conservado la prueba, incluso después de que no hubiera tenido ninguna utilidad una vez descubierta la verdad. Sin decir una palabra, le tendió el pedazo de papel y esperó, cruzado de brazos.

Robin miró la nota y luego a él, extrañada.

–¿Se supone que esto tiene sentido? Porque si lo tiene, yo no se lo encuentro.

–Ese es el número que tú me diste, y pertenece a un tipo llamado Greg Hanson.

–No es verdad. Marcarías otro número.

–Tal vez pude haberme equivocado una vez. Pero llamé tantas que este tipo acabó mandándome al diablo.

–¿Marcaste el 555 2813? –inquirió, asombrada.

–Querrás decir el 2873.

–No. Mi número es el 2813, que es el que escribí. Mira –señaló con el dedo la cifra.

–Eso no es un uno. Es un siete.

–Disculpa, pero creo que me sé de memoria mi número de teléfono.

–Bueno, pues yo marqué un siete.

–Peor para ti.

Se miraron el uno al otro con una mezcla de furia y frustración. Steve bajó la mirada a la nota, la tomó y la examinó más de cerca.

–Pues a mí me sigue pareciendo un siete.

–Y dale.

Steve terminó su bebida y pidió otra al camarero. Estaba empezando a sentirse mucho mejor. Muchísimo mejor. Tal vez incluso tuviera alguna razón para estar agradecido a los hermanos de Robin.

–Así que me diste el número de teléfono correcto –pronunció con tono suave–. Esperabas que yo te llamara.

–Creías tú que lo haría... –lo miró disgustada–... Creías que después de lo que habíamos vivido juntos, yo... –algo cambió en su expresión, como si de repente se hubiera dado cuenta de algo. Y al instante esbozó una deliciosa y conmovedora sonrisa–. Entonces estuviste intentando llamarme –pronunció, maravillada.

–¿No te dejé antes claro que insistí hasta la saciedad en llamarte? ¿Y que por eso molesté al pobre Greg?

Robin bajó la cabeza y se puso a jugar distraídamente con su vaso.

–Yo creía que te habías desentendido de mí después de que yo dejara la isla.

–¿Qué?

–Bueno –se encogió de hombros–, como no volví a saber más de ti, pensé que... –dejó la frase sin terminar.

–Que todo lo que te había dicho en la isla era

una mentira –terminó Steve por ella. Al ver que asentía, añadió–: Bueno, gracias por toda la confianza que depositaste en mí.

–¿Me estás diciendo que tú sí confiaste en mí? ¿Acusándome de haberte dado un número equivocado con la esperanza de perderte de vista?

Durante un rato se miraron fijamente, sin decir nada.

–¿Les apetece cenar ya? ¿Quieren que les entregue la carta? –les preguntó en aquel momento el camarero, apareciendo de pronto.

Steve alzó la mirada, atónito, y luego miró a su alrededor. Desde que llegaron, ya había oscurecido. Ahora había varias lámparas encendidas en la terraza. La mayor parte de las mesas ya estaban ocupadas.

–Oh, concédanos un minuto, por favor –dijo al fin.

El camarero asintió con la cabeza y se retiró. Steve miró a Robin.

–No sé tú, pero yo me muero de hambre. ¿Quieres que cenemos aquí?

También Robin acababa de descubrir la actividad del restaurante a aquella hora. Tuvo que fruncir los labios para disimular una sonrisa.

–Si tú quieres... –respondió con toda la dignidad de que fue capaz, pero estropeó el efecto al reírse entre dientes–. Vaya, es un tanto absurdo que queramos dilucidar quién de los dos es la parte ofendida, ¿no te parece?

–Tengo que admitir que la situación es bastante confusa....

De repente Robin le tomó una mano por encima de la mesa.

–Gracias por haberte tragado tu dignidad para venir a verme –le dijo con tono suave–. Te he echado tanto de menos... pero estaba decidida a no salir detrás de ti. Tenía la sensación de que era yo quien había hecho el primer movimiento al dejarte un mensaje.

Steve sonrió, llevándose su mano a los labios para depositar un beso en su palma.

—Es una pena que no me repitieras en ese mensaje tu número de teléfono. Si no había podido leerlo bien, al menos lo habría oído.

—¿Realmente piensas que mis unos parecen sietes?

Steve se echó a reír.

—Olvidémoslo, ¿vale? Y ahora será mejor que pidamos algo antes de que nos echen de aquí.

Después de cenar, volvieron al coche. Tan pronto como Steve cerró la puerta, se volvió hacia ella. Y Robin se lanzó en seguida a sus brazos. Aquel primer beso despertó toda la pasión y la excitación que habían acumulado durante los últimos meses.

Cuando finalmente se apartó, Steve le pidió al tiempo que le acariciaba una mejilla:

—Ven a mi hotel. ¿Querrás?

—Quiero hacerlo, pero no puedo —respondió ella—. Necesito volver al apartamento. A estas horas probablemente Cindi habrá llamado a la policía para que me busque. Últimamente se ha convertido en una especie de hada madrina para mí.

—Llámala. Dile que te encuentras bien. Y que la verás por la mañana.

Robin parpadeó varias veces y esbozó luego una lenta sonrisa.

—De acuerdo.

Su aceptación lo sorprendió. Eso también quería decir que decididamente estaba madurando, tomando decisiones por sí misma.

Steve había reservado habitación en uno de los hoteles de camino al nuevo aeropuerto. Una vez allí, nada más abrir la puerta, le indicó dónde estaba el teléfono para que llamara. Robin marcó un número y esperó.

–Hola, Cindi, soy yo –pronunció al cabo de un momento–. Estoy bien. Ya, sabía que estarías empezando a preocuparte, es por eso por lo que te llamo. Mira, estoy con una amistad. Solo quería avisarte de que estoy bien. Ya hablaremos mañana –colgó, y se volvió para mirarlo.

–Dijiste que necesitábamos hablar.

–Creo que ya lo hemos hecho –repuso él.

–Sí, supongo que sí. Parece que hemos descubierto ciertas... carencias de confianza recíproca.

–Tengo una solución para eso.

–¿Cuál es?

–Casémonos –contestó con tono ligero–. Con esa clase de compromiso entre nosotros, sé que podremos solucionar cualquier problema que pueda surgir de cuando en cuando.

–¿Quieres que me case contigo porque...?

–Porque te amo –admitió, acercándose a ella–. Creo que me enamoré de ti aquel primer día que apareciste en la isla. Desde entonces nunca he sido capaz de quitarte de mi cabeza. Estabas conmigo de noche o de día, despierto o dormido, en el trabajo o en casa. Me destrozaba pensar que tú no sentías lo mismo.

–Nunca habría hecho el amor contigo de no haber sabido lo mucho que te amo.

–Contaba con eso –suspiró aliviado–. Eso era lo único que me dio la confianza suficiente para acercarme a ti allí, en la isla. Sabía que el hecho de que conservaras tu virginidad no era solamente el efecto de tener unos hermanos como los que tienes. Tú habías escogido no mantener ninguna relación íntima por una razón específica, propia. El hecho de que conmigo cambiaras de idea fue lo que me dio ánimos, lo que me decidió.

–Por favor, no me menciones a mis hermanos. Cuando volví a casa, finalmente me enfrenté a ellos y les dije, a cada uno, lo que pensaba de su comportamiento y que ya estaba harta. Con términos nada inequívocos les dejé saber que si querían mantener alguna relación conmigo, ahora o en el futuro, tendrían que dejar de entrometerse en mi vida.

Steve intentó permanecer inmutable. Evidentemente el sermón de Robin no había hecho cambiar a sus hermanos de actitud, ya que en seguida habían decidido localizarlo a él. Y lo cierto era que no los culpaba en absoluto por ello. Les estaría eternamente agradecido por haber ido a buscarlo...

–Entonces, ¿quiere eso decir que te casarás conmigo?

–Puedes apostar a que sí –rio, lanzándose a sus brazos–. Pero ya trataremos los detalles más tarde –lo besó–. No sé cuánto tiempo más podrás quedarte...

–Necesito volver mañana. Mis superiores pusieron mala cara cuando les pedí más días libres.

–No hay necesidad de apresurarnos. Quiero que dispongamos tiempo para planificarlo todo bien. Como mis padres tuvieron que fugarse para casarse, quieren que yo lo haga en una gran iglesia, por todo lo alto. Y eso se tarda en preparar.

–Junto con los preparativos del traslado de mi familia de California a Texas. Tienes razón –de repente la levantó en brazos–. Ya nos ocuparemos de esos detalles. Mientras tanto...

Más que decirle lo que tenía en la mente, decidió mostrárselo de la manera más directa posible. La tumbó sobre la cama y le desabrochó cuidadosamente la camisa para después despojarla de los vaqueros. Quería tomarse su tiempo y disfrutar a plenitud de aquel encuentro. Sin embargo, no estaba seguro de poder contar con la paciencia suficiente...

–No esperaba que volviéramos a hacer el amor –admitió mientras le sembraba de pequeños besos el cuello y los hombros, descendiendo hasta sus senos. Le desabrochó el sostén, tirándolo a un lado. Le acarició un pezón con la lengua, y sonrió al percibir su estremecimiento.

–Todavía estás vestido –se quejó ella, tirándole de la camisa–. No puedo acostumbrarme a verte con tanta ropa. Cuando te imagino, siempre te veo con el pecho desnudo.

Steve se sentó y se desnudó rápidamente antes de tenderse a su lado una vez más. Robin inmediatamente deslizó los dedos por su pecho, haciéndole estremecerse. Impaciente, le hizo tumbarse de espaldas y se sentó a horcajadas sobre él, para de inmediato empezar a besarlo y a lamerlo, utilizando la lengua para seducirlo y provocarlo. Con una risa ahogada, Steve pronunció:

–Tómame. Soy tuyo.

–Eso espero –susurró, excitándolo hasta un nivel insoportable antes de ponerle un preservativo y arrastrarlo a un impetuoso clímax que los dejó a ambos agotados y temblando.

Se quedaron dormidos. Steve se despertó poco después, cuando oyó un ruido en la habitación. Abrió los ojos y descubrió que Robin se había levantado de la cama. Estaba de pie ante la ventana, contemplando la oscuridad, vestida con un camisa suya, que le llegaba hasta medio muslo. Parecía pensativa.

–¿Qué pasa? –le preguntó él.

Robin se volvió para mirarlo. Habían dejado encendida la lámpara de la mesilla, pero el resto de la habitación estaba a oscuras. No podía ver su expresión, pero sí percibir su humor sombrío, taciturno.

–No quiero que nos apresuremos a hacer algo de lo que tengamos que arrepentirnos después –le confesó con tono suave–. Todo esto ha sucedido tan rápido... Me asusta. Pienso mucho en mis padres. Mi madre conocía a mi padre desde siempre, desde que eran niños. Vivía en el rancho vecino. Ella me dijo una vez que no podía recordar una sola ocasión en que no lo hubiera amado. Jamás dudó de sus propios sentimientos.

–¿Y tú dudas de los tuyos?

–Ahora no. No. Solo me pregunto si esos sentimientos durarán. Hace solamente un par de meses que nos conocemos.

–Lo sé. De hecho, mis padres también eran vecinos, como los tuyos. Pero eso no nos sucedió a nosotros. Tendremos que aceptarlo.

–Aparte de algún que otro empleo de verano, yo nunca he trabajado –le confesó Robin, sentándose al pie de la cama–. Hay muchas cosas que no he hecho y que quiero hacer.

–¿Temes que yo te impida hacerlas?

–Quizá. Supongo que temo más que llegue a estar tan comprometida contigo... que ya no me importe desarrollarme como persona.

–Cariño –se sentó también, tomándole una mano–, estar casada conmigo supondrá una gran diferencia con tu vida anterior. Te obligará a madurar, estés o no preparada para ello. No estoy intentando hacer que te conviertas en algo que no eres o que no quieres ser. Solo te estoy pidiendo que enfrentemos la vida juntos, que tomemos nuestras decisiones juntos...

–Viviremos en Los Ángeles, ¿no?

–Eso me temo. Trabajo allí.

–¿Considerarías la posibilidad de conseguir un trabajo semejante en Texas?

Steve se echó a reír, hasta que finalmente respondió:

–No me opondría a ello. Siempre he vivido en California, pero si no crees que podrás ser feliz allí, me lo replantearé.

–Podríamos intentarlo. Lo que pasa es que no sé cómo voy a sobrellevar lo de estar tan lejos de mi familia...

–¿Te refieres a que vas a echar de menos a esos hermanos que tienes? –le preguntó Steve, sonriendo.

–Probablemente –rio ella–. Sé que me echarán en cara el no haberme casado con un texano.

–No empecemos a preocuparnos por las cosas que aún no han tenido lugar, ¿vale? –la llevó de nuevo a la cama–. Suceda lo que suceda, haremos que funcione. Tienes mi promesa.

Y la abrazó con ternura, preguntándose cómo podría decirle que sus hermanos, lejos de molestarse, iban a estar encantados de que acabara casándose con él.

Capítulo Diez

A la mañana siguiente Steve llevó a Robin de vuelta a su apartamento. Poco después de las ocho aparcaba frente al edificio. A las diez tenía una clase.

A Robin le entraron ganas de pellizcarse para asegurarse de que aquello no era en sueño. Steve estaba allí, en Austin. Había ido a verla. Y desde un principio había sido sincero en su intención de casarse con ella. Sí, estaba asustada, pero no de amarlo. Simplemente no estaba preparada para entablar una profunda y seria relación con un hombre en una etapa tan temprana de su vida, pero no iba a dejarlo ir una vez que ya estaba allí. Como él mismo le había dicho, podrían enfrentarse a cualquier problema juntos. Salió del coche. Lucía un sol espléndido, y tuvo la sensación de que el mundo era perfecto. Por fin.

–Hoy mismo tengo que regresar a Los Ángeles, corazón, pero tan pronto como pueda conseguir unos días, quiero que tomes un avión y conozcas a mis padres.

–Esperaba que pudieras quedarte el tiempo suficiente para que pudiéramos ir a Cielo. Tengo que decirles a mis padres que no solo he conocido y me he enamorado de un hombre... sino que tengo intención de casarme con él cuanto antes.

–Ya tendremos tiempo de eso –la besó de nuevo.

–¡Hooolaaa! –exclamó en aquel momento

Cindi, apareciendo detrás de ellos–. Cuando dijiste que me verías esta mañana... ¡hablabas realmente en serio! Acababa de levantarme cuando descubrí que no habías venido a dormir.

Robin se giró en redondo al oír la voz de su compañera de apartamento.

–Oh, hola, Cindi –pronunció con voz algo débil. Sabía que su tono sonaba algo culpable cuando añadió–: Yo... oh, yo creía que tenías una clase temprano.

–Ya, apuesto a que sí... –sonrió Cindi y miró detenidamente a Steve, dejando muy claro que estaba bastante impresionada con lo que veía–. Cariño, ¿se puede saber dónde te has estado escondiendo? No puedo creer que Robin se haya estado viendo con alguien que yo ni siquiera sabía que existía –lo agarró de la mano con indisimulado entusiasmo–. Estoy tan contenta de conocerte, Steve... Evidentemente Robin temía «enseñarte» antes de tiempo por miedo a que yo... –de repente se interrumpió, mirándolo como si acabara de recordar su nombre–. Espera un momento. ¿Tú eres Steve Antonelli? ¿El poli de Los Ángeles? ¿El semental italiano? ¡Guau! No me extraña que se volviera loca contigo... Es tan fantástico... Al fin he podido conocerte. Aunque la verdad es que no puedo decir que haya oído hablar mucho de ti, porque mi querida compañera de apartamento no se ha mostrado muy locuaz que digamos. ¡Nunca me dijo que estabas tan «bueno», la muy...!

Robin estaba acostumbrada a las maneras de Cindi, pero podía ver que Steve estaba bastante asombrado de sus comentarios. Ruborizado, parecía haberse quedado sin palabras.

–No puedo creer que hayas aparecido después de todo este tiempo –añadía Cindi–. Así que Jason logró darte caza al fin, ¿eh? Sabía que lo haría. Es un tipo muy decidido cuando se le mete algo en la cabeza. Parece que al final todo ha acabado bien... –se volvió hacia su amiga–. Entonces... ¿para cuándo la boda?

Robin todavía estaba asimilando lo que acababa de oír. Miró a Cindi y luego a Steve, que se estaba mostrando inusualmente tímido...

–¿Jason? –repitió.

Cindi miró a Steve.

–Bueno, es por eso por lo que has aparecido, ¿no? ¿Es que los hermanos de Cindi no fueron a buscarte e insistieron en que volvieras... para que hicieras lo que tenías que hacer con su hermana?

Steve evitó la mirada de Robin para concentrarse en Cindi.

–Sospecho que tengo que agradecerte a ti esa inesperada visita, ¿no? –le preguntó.

–Bueno –se encogió de hombros–, yo sabía que algo no andaba bien. Robin estaba muy deprimida desde que regresó del crucero –miró a su amiga con una sonrisa–. Pequeño diablillo... Siempre me ocultaste que algo «especial» ocurrió entre vosotros en aquella isla ¿Sabes? El hecho de que, nada más aparecer Steve, hayáis pasado la noche juntos me parece un detalle muy revelador...

–¿Qué es lo que pasó? –le preguntó bruscamente Robin a Cindi–. ¿Tú les dijiste a mis hermanos lo de...? –se le cerró la garganta y ya no pudo pronunciar una palabra más.

–Yo solo le entregué su tarjeta de presentación a Josh, eso es todo. Le recomendé que no te lo dijera, porque ignorabas que yo la había descubierto en el cesto de los papeles. Con tu estado de ánimo, comportándote de una manera tan extraña, era natural que estuviéramos todos preocupados por ti... –miró a Steve y luego otra vez a Robin–. ¿Qué pasa? ¿Es que no habéis resuelto ya lo vuestro?

–Vamos a casarnos –afirmó Steve–, si es eso a lo que te refieres.

Robin se volvió rápidamente hacia él.

–¿Mis hermanos fueron a verte? –al ver que asentía, mirándola con recelo, inquirió de nuevo–: ¿Cuándo?

–Antes de ayer.

–¿Viniste a Austin al día siguiente de que ellos te visitaran?

–Sí. De hecho, fue Jason quien me trajo aquí. Ayer me vine con ellos.

Robin se giró en redondo y se alejó unos pasos. Necesitaba desesperadamente recuperarse, asimilar lo que acababa de escuchar. Después de aspirar profundamente varias veces, se dirigió de nuevo a Steve:

–No puedo creerlo. Esto es absolutamente absurdo. Mis hermanos fueron a buscarte y te arrastraron hasta Austin para... ¿para qué? ¿Para obligarte a que te casaras conmigo? –miró a Cindi–. Yo creía que eras mi amiga, pero... ¿a mi espalda le contaste a mis hermanos lo que había sucedido, sabiendo lo que pensaba yo al respecto? ¿Les hablaste de Steve? Y no solo eso: ¿los ayudaste a descubrir dónde vivía?

Cindi cruzó los brazos sobre el pecho y la miró.

–Bueno, es obvio que tú tampoco has sido del todo sincera conmigo, Robin. Te creí cuando me dijiste que no había sucedido nada entre vosotros en la isla, ¿recuerdas? Se comportó como un perfecto caballero, me dijiste... solos nos besamos, eso fue todo. Y yo te creí. Siempre te creo, Robin. Nunca he tenido motivo alguno para dudar de tu palabra –se interrumpió por un instante–. Cuando me encontré en el campus con Josh y me preguntó qué era lo que te pasaba, le dije que no sabía nada. Tanteamos las diferentes posibilidades: las clases, tu estado de salud, el viaje que hicimos... Le mencioné que habías conocido a un hombre, y por supuesto se empeñó en conocer todos los detalles —se encogió de hombros—. De acuerdo. Sabía que no querías que tu familia se enterara de lo que te había ocurrido en el crucero, pero, Robin, tienes que comprender que todos estábamos muy preocupados por ti. Pensé que si existía la más remota posibilidad de que lo que te pasaba tuviera que ver con este hombre, tu familia debería conocerlo, saber más sobre él. Y, en respuesta a tus acusaciones, sí, le entregué a Josh su tarjeta, y sí, sabía que probablemente se pondrían en contacto con él, por mucho que eso te molestara. Nos parecía suficientemente importante como para afrontar ese riesgo. Y evidentemente así ha sido, porque ahora está aquí. Y vais a casaros. ¿Por qué estás tan molesta?

Por un fugaz instante Robin creyó que iba a vomitar. Nunca se había sentido tan traicionada por tanta gente a la que amaba y en la que confiaba. Le había dicho exactamente a sus hermanos lo que pensaba de su comportamiento excesivamente protector hacia ella, y ellos le habían dado su palabra de que, a partir de entonces, dejarían de entrometerse en su vida social. Había confiado en ellos, tal y como había confiado en Cindi para que le guardara el secreto de las confidencias que le había hecho.

Se enfrentó a Steve.

—No viniste a Austin para preguntarme por qué te di un número de teléfono equivocado, ¿verdad? Viniste porque mis hermanos no te dejaron otra opción.

—¿Por qué le das tan tanta importancia a todo esto? Cuando me confesaron lo preocupados que estaban por ti, quise verte, asegurarme de que te encontrabas bien. Tengo con ellos una deuda de gratitud. Si no hubieran ido a buscarme, yo nunca habría...

–Oh, lo entiendo perfectamente –lo interrumpió, llevándose una mano al estómago–. En ese caso, nunca habría vuelto a saber nada de ti. Yo también debería de estar agradecida a mis hermanos por haberse entrometido una vez más en mi vida, y todo por mi bien.

–Ellos te quieren –repuso Steve, y añadió con ternura–: Y yo también.

¡Hombres! No podía dar crédito a la simpleza de su comportamiento. Eran incapaces de manejar con delicadeza o mínima habilidad cualquier situación. Podía apostar a que Steve había terminado congeniando con ellos. Miró su reloj.

–Tengo que prepararme para ir a clase –comentó, y se dirigió a Steve–. Y tú necesitas volver a tu trabajo.

–No me iré hasta que hayamos arreglado esto, Robin. Sé que estás enfadada y que...

–Por supuesto que estoy enfadada. Así que voy a arreglar ahora mismo esto tanto por tu bien como por el de mis hermanos. Gracias por tu oferta de matrimonio, a pesar de que metafóricamente la hayas hecho con un cañón de escopeta apuntándote a la espalda. Me has demostrado que eres un hombre honesto. Sin embargo, voy a declinar tu generosa oferta. El matrimonio es lo último que deseo en mi vida ahora mismo. Estoy harta y cansada de que todo el mundo decida a mis espaldas lo que es bueno para mí y lo que me conviene. Puedes decirles a mis hermanos que me hiciste la oferta pero que yo me negué, ¿entendido? Que rechacé tu cortés oferta de matrimonio para salvar la reputación de mi apellido. Adiós, Steve.

Se volvió y se dirigió hacia el portal del edificio

118

sin mirar atrás. Suponía que Cindi ya encontraría alguna manera de consolar a Steve. Cindi. Su menor amiga. Su ex mejor amiga. Si se iba con él, mejor que mejor. ¿Acaso no era un «semental italiano»?

Todos los miedos de Robin habían confluido en el convencimiento de que casarse con Steve sería como ir a prisión. Oh, desde luego que podía ser tierno, y cariñoso, y amante, pero se aseguraría de encerrarla en la jaula de su amor, tal y como habían hecho sus hermanos. Sería peor todavía que eso. Un marido tenía todavía más derecho a mostrarse protector que unos hermanos. Aquello la habría vuelto loca.

Había estado a punto. Menos mal que había descubierto a tiempo la verdad, antes de empezar a trazar planes para un futuro en común Tenía mucha suerte. Cuando entró en su apartamento, no había dejado de enjugarse las lágrimas.

—No estoy llorando por él —musitó para sí misma—. Estoy llorando porque estoy furiosa. Eso es todo. Pero lo superaré.

Fue a su dormitorio, se cambió de ropa y luego salió para clase, consciente de que tanto Cindi como Steve se habían marchado. Esperaba no volver a verlos nunca.

—¿Mamá? —pronunció Robin al teléfono, aquella misma noche—. Me estaba preguntando si podría ir a casa por unos días... Necesito hablar contigo.

—Cariño, no tienes que pedirme permiso para volver a casa. Sabes que estamos encantados de tenerte con nosotros. ¿Pero no te perderás algunas clases? ¿Qué pasa?

—Yo, eh... preferiría esperar a estar allí para hablar, ¿vale?

–Tengo una idea. En vez de que vengas tú, ¿por qué no vamos papá y yo a verte? Hace tiempo que no voy a Austin.

–¿Estás segura?

–Mira, cuanto más pienso sobre ello, más atractiva me parece la idea. Nos veremos mañana, después de tu última clase, que será... ¿cuándo?

–A mediodía.

–Estupendo. Nos veremos entonces allí, corazón.

–De acuerdo. Y... gracias, mamá. Gracias de verdad.

Kristi McAlister colgó el teléfono y se volvió hacia su marido.

–Ha pasado algo, cariño. Nunca le había oído ese tono a Robin. Estaba intentando disimular las ganas que tenía de llorar. Le dije que mañana iríamos a Austin para verla.

Jason bajó el periódico que estaba leyendo.

–¿Qué podrá sucederle? ¿Supones que los chicos tienen algo que ver?

–No me extrañaría nada –sonrió Kristi.

–A mí tampoco –suspiró, levantándose para dirigirse a su despacho–. Voy a hablar con Jase, a ver qué puedo sacarle.

Kristi recogió el libro que estaba leyendo cuando sonó el teléfono, pero ya no pudo concentrarse en la lectura. Robin había empezado a preocuparla ya desde el primer momento en que resultó obvio que sería la única niña de la familia. Jason siempre solía decir que era la viva imagen de su madre. Lo que más inquietaba a Kristi era la sensibilidad y vulnerabilidad de su hija, que siempre había procurado disimular a los ojos de su padre y hermanos. Desde muy temprano había aprendido a plantarles cara y a defender sus posiciones.

Sí, Robin había crecido peleándose con sus hermanos, mostrándose tan competitiva como ellos, intentando ser igual de fuerte y de dura. No había habido ningún problema con eso hasta que entró en la adolescencia y se convirtió en una mujer de impresionante belleza, de manera que despertó y excitó sus instintos protectores. Kristi sabía que a ella le había irritado sobremanera ese comportamiento, pero al mismo tiempo había confiado en que, con el tiempo, le resultara beneficioso. Porque lo cierto era que necesitaba algo de protección frente al duro mundo exterior: su tierno corazón era demasiado vulnerable.

De repente Jason volvió a la habitación visiblemente pálido, y Kristi se levantó de un salto al verlo.

—Dios mío —le deslizó un brazo por la cintura y él volvió a sentarse en el sofá, atrayéndola hacia sí.

—Malas noticias, ¿verdad? —inquirió, terriblemente preocupada.

Jason asintió y la abrazó con fuerza durante un rato antes de pronunciar una sola palabra. Finalmente dijo:

—Cariño, sé que quieres ver a Robin, pero creo que quizá sería mejor que me dejaras hablar a mí con ella.

—¿Qué han hecho ahora los chicos?

Jason amaba a su esposa con una pasión que no habían mermado sus muchos años de matrimonio, ni tampoco el cuidado y la educación constante de sus hijos. Sabía que sus hijos habían desarrollado sus instintos protectores a partir de la observación de su propia actitud hacia Kristi y hacia su familia. ¿Cómo podía echarles en cara algo que él siempre había hecho? No quería hacerle daño a Kristi, pero sabía que lo que tenía que decirle iba a ser duro de escuchar.

–Robin no fue del todo sincera cuando nos contó lo del crucero, cariño.

–¿Qué quieres decir?

–El caso es que Jase cree, y yo tiendo a estar de acuerdo con él, que Robin vivió una romántica aventura mientras estuvo fuera. Tan pronto como se enteró, Jase fue a buscar al tipo con los chicos. Vive en Los Ángeles, es policía detective y parece una persona de fiar. También parece que está verdaderamente enamorado de Robin. Al menos eso es lo que piensa Jase.

–¡No puedo creerlo! Y no nos dijo una sola palabra de que había conocido a ese hombre.

–Lo sé –suspiró profundamente–. Quiero hablar con ella... sobre el hecho de que nos haya ocultado eso, y sobre que... Bueno, el caso es que hoy ha llamado a Jase para decirle que, por lo que a ella respecta, ya no tiene hermanos...

–¡Oh, no! –exclamó Kristi–. Sé que a menudo se ha enfadado con ellos, pero nunca se ha negado a verlos.

–Bueno, eso es lo que ha hecho hoy. Puede que esté equivocado, pero creo que si tú vas conmigo a verla, ella se refugiará en ti y no hablará conmigo de la situación.

–Pero, Jason, yo le dije que iría. Yo puedo acompañarte y dejar que hables tú con ella primero. Luego, si quiere hablar conmigo, siempre podrá hacerlo.

–Sí, supongo que eso puede funcionar. Jase piensa que han pasado varias noches juntos. De hecho, está seguro de eso, lo que no sabe es si, bueno, si...

–De si hicieron el amor o no.

–Eso –rezongó Jason.

–¿Ese hombre lo reconoció?

–Digamos que no lo negó. También dijo que quería casarse con Robin.

–En ese caso, no tendría por qué haber ningún problema.

–Eso parece. ¿Pero entonces por qué está tan enfadada Robin? Si se ha enamorado, ¿no debería estar contenta? Hay algo aquí que no me gusta. Iremos a verla mañana y sabremos lo que está pasando.

A la mañana siguiente Cindi abrió la puerta del apartamento y se encontró con el padre de Robin.

–Bueno, hola –exclamó asombrada–, papá Mac, ¿que estás haciendo aquí?

–Robin quería hablar con nosotros, así que su madre y yo hemos venido a verla. Kristi quería hacer unas compras primero, así que yo me he pasado antes –al ver su lamentable aspecto, le preguntó–: ¿Qué diablos está pasando?

Cindi negó con la cabeza.

–Realmente no puedo hablar de ello. Ya he hecho suficiente daño –explicó, cansada–. Robin se irá tan pronto como pueda encontrar otro apartamento. Me ha dejado muy claro que no quiere saber nada más de mí.

–Qué absurdo –Jason frunció el ceño–. Si vosotras dos sois como hermanas...

–Bueno, tengo que reconocer que quizá tenga razón –tomó asiento y le invitó a hacer lo mismo–. Entonces creí que estaba haciendo lo correcto, pero... ¡lo único que he conseguido es enredarlo todo!

–¿Es por ese hombre de Los Ángeles?

–Oh, Dios mío –exclamó Cindi, alarmada–. ¿Cómo te has enterado de eso?

–¿Es por eso o no?

–En parte... bueno, en gran parte... sumado al hecho de que me acusó de haber traicionado su confianza.

–¿Porque le hablaste a Josh de él?

–Sí –se pasó las manos por la cara–. Nunca había hecho nada así antes, pero estaba tan preocupada por ella... Y ahora no quiere saber nada de mí –miró su reloj–. Me tengo que ir. Dentro de unos minutos estará aquí. Será mejor que me quite de en medio –se levantó–. Lamento que todo esto haya terminado tan mal. Espero que algún día llegue a perdonarme.

Después de que Cindi se hubo marchado, Jason esperó unos quince minutos antes de oír el sonido de la llave de Robin en la puerta. Se levantó y esperó a que entrara en el salón. Tenía un aspecto terrible: los ojos rojos e inflamados, tremendamente pálida, y tan pronto como lo vio estalló en sollozos. En dos zancadas fue a su encuentro y la estrechó contra su pecho.

–Lo estás pasando mal, ¿eh, pequeña? –murmuró, acariciándole tiernamente la espalda.

Estuvieron así durante un buen rato hasta que Robin finalmente se apartó, enjugándose las lágrimas.

–Lo siento, papá. No sé qué es lo que me pasa –miró a su alrededor–. ¿Dónde está mamá?

–Tenía un par de recados, así que me dejé caer yo por aquí primero.

–¿Quieres un sándwich? ¿Una taza de café?

–Sí, estupendo.

Durante la comida, Jason la mantuvo entretenida contándole historias y anécdotas del rancho. Incluso logró arrancarle una sonrisa en un par de ocasiones. Una vez que terminaron, se recostó en su silla y le preguntó:

–¿Quieres hablarme de ello?

–Bueno –pronunció, incómoda–, la verdad es que esperaba hablar con mamá.

–Oh... oh. ¿Temías acaso que tu papá se enfadara un poquitín contigo?

Robin lo miró dudosa, y esbozó una mueca.

–¿Has hablado con Jase, verdad?

–Si lo hubiera hecho, ¿habría alguna diferencia?

–Los hombres no lo comprendéis –dijo al fin.

–¿Qué es lo que no comprendemos?

–Tengo veintidós años, pero nunca he estado sola, nunca he sido plenamente responsable de mí misma. Lo de ir a la universidad tampoco me ayudó. Siempre he tenido a mis hermanos encima, incluso aquí.

–Así que estás enfadada con ellos.

–Estoy harta de que se entrometan constantemente en mi vida.

–¿Crees que tu madre y yo nos entrometemos demasiado?

–No, en absoluto. Vosotros solo os mostráis protectores. Eso es todo.

–Te queremos.

–Lo sé. Pero a veces me ahoga tanta atención. Detesto que todo lo que haga tenga que ser vetado o comentado por toda mi familia.

–Tú nos llamaste, ¿recuerdas? Por eso estoy aquí. ¿Qué es lo que necesitas de nosotros?

–Vuestro apoyo moral. Eso es todo. He aceptado un empleo en la empresa para la que estuve trabajando el verano pasado. Durante el resto del semestre estaré trabajando a media jornada. Tengo intención de alquilar un apartamento cerca de la empresa. Quiero que mi familia comprenda que necesito hacer esto.

–Muy bien.

Robin esperó, pero Jason no dijo nada más.

–¿Ya está? –inquirió al fin.

–Si es eso lo que quieres, lo aceptamos. Deseamos que seas feliz. Lo creas o no, cariño, eso es lo único que queremos.

Robin asintió, esforzándose por no llorar.

–Dime, ¿quieres realmente a ese hombre al que conociste durante tu crucero?

–Jason te habló de Steve. ¡Lo sabía!

–Bueno –sonrió–, no es ningún crimen conocer a un hombre que te guste. Supongo que solo estoy algo sorprendido de que no te hayas molestado en mencionarnos su existencia a tu madre y a mí.

–No había mucho que contar –se encogió de hombros–. Supongo que fue el típico encuentro de vacaciones. Cindi también conoció a un chico. Desde entonces se han escrito un par de postales. No era una gran cosa –bajó la mirada–. Hasta que mis hermanos se metieron por medio y convirtieron todo esto en una especie de incidente diplomático internacional. Estoy tan avergonzada. Nunca volveré a ser capaz de mirarlo a la cara.

Jason se irguió, inclinándose hacia ella.

–Corazón, lo importante no es eso, sino si lo quieres o no. ¿Tú lo quieres?

–De verdad que eso ya no importa, papá. Yo ya le dejé claro que no lo quería en mi vida. Espero no volver a saber nada más de él.

Capítulo Once

Junio, dos años después.

Robin se había quedado dormida. El teléfono la despertó poco después de las diez. Era Don, su compañero de trabajo.

–¿Qué pasa contigo? ¿No íbamos a jugar al tenis esta mañana?

–¡Oh, no! –se sentó en la cama–. No me funcionó el despertador. Oh, Don, lo siento tanto...

–Vamos a perder la pista –gruñó, disgustado.

Tenía razón en su enfado. Trabajaban juntos y habían descubierto que les encantaba jugar al tenis. Robin nunca antes se había perdido su habitual partido de los sábados. Hasta aquella mañana.

–Lo lamento de verdad, Don. No sé lo que me ha pasado. Supongo que tendremos que olvidarnos del tenis hasta la semana que viene.

–O quizá me busque otra pareja.

–Buena idea. Te veré el lunes.

Robin colgó el teléfono, sintiéndose culpable. Detestaba esa sensación. Durante el último par de años había acumulado suficiente culpa y necesidad de expiación como para alcanzar un permanente estado de gracia.

Casi había destrozado su relación con Cindi. Siempre que veía a sus hermanos se mostraban distantes con ella. La trataban con tanto cuidado y miramiento que solía acabar llorando de frustración. De vez en cuando se daba cuenta de que su madre la miraba con una expresión extraña, como si, de alguna forma, se sintiera decepcionada. Pero nada de aquello podía compararse con la brecha que se había abierto en su relación con su padre. Varias veces había intentado explicarle que simplemente se había sentido disgustada, dolida y furiosa cuando acusó en general a todo el género masculino en su presencia: que no había tenido nada personal contra él. En aquella ocasión su padre le había contestado que la comprendía, que quería que fuera feliz y que no había sido consciente de cómo su propia actitud, y la de sus hermanos, había podido hacerla tan desgraciada.

Pero desde aquel día fue como si una pared se hubiera levantado entre ella y toda la gente a la que amaba. Todo el mundo se había retirado, apartado, permitiéndole respetuosamente que siguiera adelante con su vida. Con su solitaria vida. Por supuesto que había hecho amistades en el trabajo. Durante los últimos años había salido varias veces con compañeros suyos. De hecho, ahora Robin tenía la vida con la que había soñado durante su adolescencia. Era libre. Era independiente. Pero estaba sola. Esa no era en absoluto la despreocupada existencia que había esperado. Y solo ella tenía la culpa.

Cindi y ella habían llegado a una tregua no muy cómoda, principalmente porque Cindi no era una persona rencorosa. Robin se había trasladado a otro apartamento después de su graduación, y Cindi casi de inmediato había encontrado a otra compañera de piso. Una vez conseguida la licenciatura había aceptado un empleo en Chicago, y rara vez pisaba Texas. Cuando lo hacía, las dos salían a comer juntas, pero ya no era lo mismo. Tres semanas atrás Cindi la había llamado para decirle que había aceptado casarse con Roger. Planeaban tener un largo período de compromiso, pero quería que Robin la ayudara a planificar su boda tan pronto como concertaran una cita.

Si no se hubiera comportado como una completa estúpida dos años atrás, en aquel momento estaría casada con Steve Antonelli. En vez de eso había antepuesto su orgullo por encima de todo, expulsándolo para siempre de su vida. Y no podía culparlo por no haber hecho un nuevo intento con ella. Se preguntó si se habría casado. A pesar de lo que le había dicho acerca de la incompatibilidad de su profesión con el matrimonio, había estado muy deseoso de arriesgarse con Robin. Sin duda, a esas alturas ya habría conocido a alguna mujer dispuesta a aceptar su ofrecimiento.

Después de tomar una ducha, fue a la cocina a prepararse un café. Mientras esperaba a que se hiciera, abrió el periódico. En la tercera página de la sección de noticias, leyó un titular que le heló la sangre en las venas. En un tiroteo en Los Ángeles habían resultado heridos varios policías. No se mencionaba ningún nombre. Con tantos agentes de policía trabajando en la ciudad, la posibilidad de que Steve hubiera sido uno de ellos era mínima. Prácticamente remota.

Pero el corazón seguía latiéndole acelerado. La vida era algo tan frágil. Con cuánta rapidez se podía perder a un ser querido.

Ya era hora de que hablara con cada uno de los miembros de su familia para disculparse por su comportamiento. Necesitaba decirles lo mucho que echaba de menos la cercanía que antaño habían disfrutado, y las ganas que tenía de recuperarla. Quizá admitiendo lo equivocada que había estado podría, de alguna manera, convencerlos de que quería construir una nueva y más sólida relación. Se le llenaban los ojos de lágrimas de solo pensar en todo lo que necesitaba decirles...

Entonces pensó en Steve. Siempre se lo imaginaba en la isla, en pantalones cortos... o desnudo del todo. En una ocasión la había llamado cobarde, y ahora podía comprender que había estado en lo cierto. Ella se había quejado de su vida y de sus hermanos como si fuera una chiquilla, cuando él arriesgaba permanentemente su vida prestando un servicio a la ciudad donde vivía. Con la perspectiva que le daba el tiempo transcurrido desde entonces, en ese momento sabía con absoluta certeza que si él no hubiera querido ir voluntariamente a verla a Austin, habría sido completamente imposible que sus hermanos lo hubieran obligado a hacerlo. Nadie le estaba apuntando con una pistola en la cabeza cuando le pidió que se casara con él aquella noche, en la habitación de su hotel.

Qué inconsciente había sido. Fue en aquel preciso instante cuando Robin concibió la idea de marcharse a Los Ángeles de vacaciones. Disponía de la última quincena del mes libre. Todavía no había hecho ningún plan formal. En un principio había pensado en pasar varios días en casa, y quizá bajar luego a la costa.

Nunca había estado en California. ¿Qué tenía de malo tomar la decisión de ir a Los Ángeles? No lo hacía por Steve, por supuesto. Tal vez ya se había mudado de ciudad, o se habría casado, tendría hijos... No, iría solamente a ver la ciudad. Y si una vez allí decidía llamarle por teléfono... ¿a quién podría hacer daño con eso? Antes de que tuviera tiempo para pensárselo más, llamó a su agencia de viajes y reservó el billete de avión. Lo siguiente que hizo fue llamar a sus padres y avisarlos de que tenía intención de ir a verlos.

Tres semanas después

Robin caminaba por el paseo marítimo de Santa Monica. El tiempo era magnífico, casi de ensueño; soplaba una ligera brisa, pero hacía un sol radiante. Su agencia de viajes le había recomendado un hotel muy bueno, y con un coche alquilado había tenido ya la oportunidad de explorar la cuenca y el valle de la zona. También había visitado los estudios de la Universal y recorrido las calles de Hollywood, pero siempre se había sentido agradecida de volver a Santa Monica todas las tardes, para disfrutar de la vista del mar desde la ventana de su habitación.

Todavía no se había acostumbrado a la cantidad de flores que había por todas partes. Aquella era una fantástica época del año. No le extrañaba que tanta gente hiciera turismo en el Sur de California y se enamorara del clima. Ya llevaba una semana allí. Se había comprado un mapa de la ciudad y en ese momento estaba buscando la dirección que Steve le había dado en su tarjeta. Aunque... ¿qué podría decirle después de todo ese tiempo? No necesitaba oírla admitir que se había comportado como una estúpida con él. Y, además, solo habían estado una semana juntos. Probablemente ni siquiera se acordaría de ella...

Atravesó el ancho bulevar del paseo marítimo y se internó por una de las calles principales, pasando por delante de tiendas y restaurantes, hasta llegar a un parque con varias canchas de tenis. Pensó que era un estupendo lugar para practicar su deporte preferido. Por supuesto no había traído una raqueta consigo, pero sería divertido observar durante un rato a los que estaban jugando antes de volver al hotel.

Encontró un banco vacío y se sentó. No le preocupaba haber cedido el impulso de viajar a California. Porque era el mismo impulso que la había empujado a visitar a sus padres una semana después de que reservara el billete de avión. Como era habitual, habían organizado una fiesta para celebrarlo, y todos sus hermanos habían acudido. Fue después de la fiesta, cuando ya estaban recogiéndolo todo, cuando Robin les confesó el verdadero motivo de su visita. Y para cuando hubo terminado de decírselo, no había uno solo que no estuviera llorando. En aquel instante, mientras disfrutaba de la caricia del sol de California, Robin sonrió al evocar el enorme alborozo que había seguido a aquella confesión. Como si, verdaderamente y después de dos largos años, hubiera por fin regresado a su hogar.

–Hey, para un poco, ¿quieres? –protestó Ray, al otro lado de la red–. Me estás matando con esos saques.

–¿No eras tú quien se quejaba de que no era un buen contrincante para ti? –sonrió Steve.

–Bueno, ya, pero eso fue antes de que te apuntaras a más clases de tenis. Me has hecho correr como nunca. No sé si mi corazón podrá soportarlo.

–¿Quieres rendirte?

–Jamás –respondió Ray, riendo–. ¡Vamos, sigue!

Estuvieron jugando fuerte durante unos minutos más hasta acabar el set. Steve se encontraba en forma. Durante el último par de años, había mejorado mucho su juego. También había empezado a jugar al golf, que le servía para relajarse si no se lo tomaba demasiado en serio. Muchos cambios se habían producido durante esos dos últimos años. Aquellas vacaciones en la isla habían servido para despertarlo, para hacer que tomara conciencia. Y había cumplido la promesa que se había hecho a sí mismo de guardar un equilibrio en su vida.

–¿La has visto? –le preguntó Ray cuando se reunió con él junto a la red.

–¿A quién? –inquirió a su vez mientras guardaba su raqueta en la bolsa.

–A la pelirroja que está sentada en ese banco.

–No me interesan las pelirrojas.

–Maldita sea, se va. Vaya, ojalá me hubiera fijado en ella antes.

Steve miró a la mujer, que en aquel instante estaba ya saliendo de la zona de las pistas. Había algo en ella que le resultaba familiar: su manera de andar, la melena que caía sobre sus hombros. ¿Podría ser? No, claro que no. Debía de tratarse de la costumbre que tenía de fijarse especialmente en cada alta y joven pelirroja que veía...

Alguien gritó, y la mujer se volvió, de manera que quedó frente a Ray y a Steve. Llevaba gafas de sol, pero de inmediato Steve se quedó helado. No podía haber dos mujeres iguales en el mundo.

–Que me aspen... –murmuró, con las manos en las caderas.

–¿Qué te había dicho? Es espectacular, ¿no te parece?

–Espérame. Ahora vuelvo.

Robin había seguido su camino, pero Steve no tuvo problemas en alcanzarla.

–¿Robin?

Vio que giraba sobre sus talones, mirando a su alrededor, y se acordó de cuando la había visto en el campus de la Universidad de Texas. ¿Cuánto tiempo había pasado desde entonces? Por un lado tenía la sensación de que apenas había pasado una semana; por otro, toda una vida. Robin se alzó sus gafas de sol y lo miró.

–¿Steve? –pronunció, incrédula.

–Sí, soy yo. Al principio no te reconocí. Eres la última persona a la que esperaba ver en Santa Monica.

Ray se acercó a ellos, corriendo.

–¡No me digas que la conoces! –exclamó, disgustado–. ¡No puedo creer que tengas tanta suerte!

–Ray, te presento a Robin McAlister –se volvió hacia ella–. Ray Cassidy es un gran amigo mío. Solemos jugar al tenis un par de veces por semana, cuando nuestras ocupaciones nos lo permiten– miró a su alrededor–. ¿Has venido sola?

–Sí, yo... –se ruborizó–, estoy de vacaciones. Hoy es la primera vez que me he decidido a bajar del coche y a recorrer la zona a pie.

Steve intentó no mirarla con tanta fijeza, pero no podía evitarlo. No había cambiado mucho desde la última vez que la vio. Casi se había olvidado de lo hermosa que era.

–¿Cuánto tiempo llevas en California?

–Oh, cerca de una semana. Todavía dispongo de otra antes de regresar a casa.

–¿De dónde eres? –le preguntó Ray–. ¿Necesitas un guía? Yo estaría encantado de enseñarte un montón de locales nocturnos que seguramente no conozcas, si es que estás sola...

–Soy de Texas –respondió, sonriendo.

–¿Quieres que te lleve de vuelta al hotel? –le propuso Ray, solícito–. Tengo allí el coche y me encantaría...

–No, gracias –negó con la cabeza, sin dejar de sonreír–. Quiero volver andando para hacer un poco de ejercicio –miró a Steve–. Qué alegría verte de nuevo. ¿Cómo te ha ido durante estos años?

¿Que cómo le había ido? Buena pregunta. «Aparte de que me rompieras el corazón y destrozaras mi orgullo, bien, gracias», respondió para sus adentros.

—No puedo quejarme. Así que estás de vacaciones. ¿Ya no volviste a hacer cruceros, verdad?

Robin se echó a reír, y Steve maldijo en silencio. Detestaba el efecto que aquella mujer ejercía sobre él...

—Creo que con un solo crucero ya me bastó.

—¿Fue así como os conocisteis? —preguntó Ray—. ¿En un crucero? —miró a Steve—. No me dijiste nada.

—Yo no estaba en el crucero —explicó, encogiéndose de hombros—. De eso hace ya mucho tiempo —la miró—. ¿Qué tal están tus hermanos?

—Bastante bien, gracias.

—¿Estás contenta con tu vida? ¿Con tu trabajo?

—Sí.

—Me alegro de oírlo —miró su reloj—. Bueno, me ha encantado volver a verte. Que disfrutes de tu estancia en la soleada California.

—Hey —exclamó de nuevo Ray—, si no tienes ningún plan para esta tarde, quizá podamos salir a cenar por ahí... —y lanzó una mirada suplicante a su amigo.

«No. No quiero salir a cenar con ella. No quiero pasar más tiempo con esta mujer. Me gusta mi vida tal como está, gracias», se dijo Steve.

—¿Los tres, quieres decir? —inquirió ella, sin poder disimular su confusión.

—Bueno —sonrió Ray—, si Steve tiene otros planes, me encantaría llevarte yo. Los amigos de Steve son los míos...

A Steve no le importaba que Ray la sacara a cenar. No le importaba nada en absoluto.

—Bueno, lo cierto es que sí tengo otros planes

135

–empezó a decir. Observó la expresión de Ray, pero no pudo adivinar lo que estaba pensando. ¿Cómo había podido olvidarse de lo verdes que eran sus ojos? ¿O de la tersura de su cabello o de su piel? ¿O de...? –, pero tal vez pueda cambiarlos –se volvió hacia su amigo–. Llámame después para decirme cómo habéis quedado. Quizá pueda quedar con vosotros en algún restaurante.

Después de despedirse, se marchó. El corazón le latía a tanta velocidad que temió sufrir un ataque cardíaco antes de llegar al coche. ¿Cómo podía estar sucediendo aquello? ¿Qué clase de coincidencia podía haberla atraído hacia la misma pista de tenis donde estaba jugando él? Toda su relación había sido un conglomerado de ridículas circunstancias. Esperaría a tener noticias de Ray. No quería verlos juntos. Un horrible pensamiento lo asaltó: ¿y si Ray sentía por ella algo... especial? ¿Y si acababan yéndose juntos? Su mejor amigo podría acabar casado con la mujer con la que... la mujer con la que...

Decidió no terminar aquella frase mental. No quería pensar sobre ello.

La única mujer con la que había querido casarse; la única mujer que había querido que fuera la madre de sus hijos; la única mujer que había amado. «Ya está. ¿Satisfecho? Pero no pienso hacer nada al respecto. Ya estoy escarmentado. Prefiero no enamorarme. Es mucho más cómodo», se dijo. «Y más aburrido», añadió una voz interior que procuró ignorar.

El amigo de Steve parecía muy simpático. La hacía reír. Y había insistido en llevarla hasta el hotel para saber dónde tendría que recogerla más tarde.

Para cuando llegaron al hotel, Robin tenía la sensación de que conocía a Ray de toda la vida.

–De acuerdo –le dijo él mientras la ayudaba a salir del coche–. Te veré esta tarde a eso de las siete y media. No puedo creer en la suerte que he tenido de conocerte. Espero que aceptes mis servicios como guía durante el resto de tu estancia.

–Hasta luego, Ray. También yo me alegro de haberte conocido –se volvió y entró en el hotel.

Consiguió llegar a la habitación antes de que le flaquearan las rodillas. ¿Cómo podía ser?, se preguntó, dejándose caer en la cama. ¿Cómo podía haberse encontrado precisamente con Steve Antonelli? ¿Acaso le había mencionado él, cuando estuvieron en la isla, que solía jugar al tenis en Santa Mónica? No podía recordarlo. Le había dicho que no vivía lejos de la costa y que tenía intención de pasar más tiempo allí una vez que regresara a casa. Su apartamento estaba localizado en el oeste de Los Ángeles, así que no era muy descabellado pensar que Steve pudiera visitar aquella zona. Era posible que, de alguna forma, lo hubiera sabido y hubiera obrado en consecuencia, pero inconscientemente.

En cualquier caso, ahora había quedado a cenar con su amigo Ray. Le gustaba Ray, pero temía que esperara establecer con ella una relación demasiado profunda. Lo último que necesitaba en aquel momento era salir con un amigo de Steve, como una alocada adolescente que, no pudiendo acercarse a su verdadero amor, pretendiera frecuentar su ambiente, la gente que lo rodeaba... No le servía de nada recordarse que había habido un tiempo en que bien pudo haber formado parte de su vida. Pero en aquel entonces había estado demasiado obsesionada en su lucha contra sus hermanos para apreciar lo que en realidad significaba Steve para ella.

Se preguntó si debía decirle lo que sentía.

¿Cambiaría eso algo? Incluso aunque los sentimientos de Steve hubieran cambiado... ¿acaso no quería que él supiera hasta qué punto se arrepentía de su propio comportamiento, de la forma en que había rematado su relación? Dejaría obrar al destino. Tal vez no lo viera aquella noche. Realmente, Steve no había hecho esfuerzo alguno por averiguar dónde se alojaba, dejándole claro que no tenía demasiado interés en volverla a ver.

La conversación que había mantenido con su familia había tenido éxito. Quizá si hablaba con Steve, si le explicaba todo aquello con lo que había tenido que enfrentarse hacía dos años, quizá... No quería pensar en su respuesta, pero el simple hecho de desahogarse podría aliviarla tanto como su reencuentro con su familia. ¿Y no sería ese un maravilloso final para su visita a California?

Robin se mostró cortésmente impresionada cuando entró en el lujoso restaurante, guiada por Ray. Lo oyó decirle al dueño que tenía una mesa reservada para cuatro, lo cual la sorprendió. Si Steve pensaba reunirse con ellos, evidentemente no pensaba hacerlo solo. Una vez que estuvieron sentados y pidieron sus bebidas, le preguntó:

–Antes me olvidé de preguntárselo, pero... ¿está casado Steve?

–No –Ray se echó a reír–. No tiene ninguna intención de casarse. Ya lo está con su trabajo.

–Sí, cuando nos conocimos ya me comentó sus preocupaciones al respecto. Lo que pasa es que como antes dijiste que seríamos cuatro para cenar...

–Bueno, cuando esta tarde hablé con él, me dijo que se reuniría con nosotros y que se presentaría con una acompañante. No sé quién será, pero si conoces un poco a Steve, sabrás que las mujeres suelen disputarse sus favores...

El camarero volvió con sus bebidas, así que Robin se ahorró tener que responder a ese comentario. Afortunadamente. Steve con una cita: el pensamiento la golpeó como si hubiera recibido un puñetazo en el plexo solar, quitándole el aliento. Bueno, tenía curiosidad por saber cómo le había ido, ¿no? Ahora tendría la oportunidad de verlo en su elemento. Quizá después de aquello sería capaz de desterrarlo de su recuerdo...

—Ah, aquí vienen —dijo Ray, inclinándose para hablarle al oído—. Como es usual en él, en compañía de una joven muy atractiva.

Desde luego que lo era. Tenía una figura pequeña pero exuberante, resaltada por su corto vestido negro de pronunciado escote. Su piel blanca contrastaba con sus ojos oscuros y con su larga melena negra, rizada. Al mirar a Ray, advirtió que la lengua le llegaba hasta el suelo. No podía culparlo. Aquella mujer era impresionante: no había otra palabra que pudiera describirla.

Una vez que llegaron ante su mesa, Steve deslizó con naturalidad un brazo por los hombros de su compañera.

—Tricia, te presento a mi amigo Ray y a Robin, que ha venido de Texas para pasar unos días de vacaciones en California.

—Hola —sonrió Tricia, tomando asiento en la silla que acababa de retirarle Steve.

Robin tenía la sensación de estar viviendo una pesadilla, de la que esperaba despertarse pronto. Intentó participar normalmente en la conversación, pero le resultaba difícil. Lo único que podía hacer era ver cómo Steve trataba a Tricia: de la misma forma en que una vez se había comportado con ella... Ray, por su parte, también parecía encandilado por sus encantos, lo cual no era de extrañar. Aquella mujer tenía una voz ronca y seductora que atraía a los hombres como un imán. Y lo que era aún peor; aparte de su atractivo exterior, Tricia verdaderamente parecía una buena persona. No se daba aires, sino que parecía absolutamente inconsciente del efecto que suscitaba sobre sus compañeros de mesa.

–Tengo una idea –dijo Ray cuando ya estaban en los postres–. Vamos a un sitio a bailar los cuatro. ¿Qué dices, Steve?

Steve miró a Tricia como pidiéndole en silencio su opinión. La joven esbozó una maliciosa sonrisa y le acarició un hombro.

–A mí me encantaría.

–¿Estás segura? –preguntó, dudoso.

–Completamente –aseveró, riendo–. Me lo estoy pasando maravillosamente bien.

Robin forzó una sonrisa.

–También a mí me gusta la idea –mintió.

No pudo culpar a nadie más que a ella misma de las siguientes infernales horas que pasó viendo bailar a Steve con Tricia. Nunca le había dicho que le gustaba bailar, ni tampoco que poseía un sentido del ritmo y una fluida gracia que le recordó dolorosamente los momentos que habían pasado haciendo el amor...

Ray tampoco se quedaba atrás. Robin se había mostrado un tanto tímida a la hora de ensayar algunos de los bailes latinos, pero él la había guiado con habilidad, así que no tardó en sentirse muy cómoda. Por muy horrible que fuera aquella pesadilla, llegaría a su fin en algún momento. No tardarían en marcharse. Ray la acompañaría a su hotel, y Steve llevaría a Tricia a su casa...

–Creo que voy a visitar el tocador antes de marcharme –dijo Tricia cuando volvieron a la mesa después de que la orquesta hiciera un descanso. Miró a Robin–. ¿Me acompañas?

–Sí, claro –respondió Robin, recogiendo su bolso. Siguió a la joven a una elegante sala de espejos y se sentó a su lado. Sacó un cepillo para retocarse el pelo.

–Me he divertido mucho –comentó Tricia después de pintarse los labios–. Me alegro de que hayas podido venir.

–A mí me ha encantado conocerte –repuso Robin, decidida a mostrarse cortés aunque muriese en el intento–. Steve y tú formáis una magnífica pareja en la pista de baile. Estoy impresionada.

–Oh –rio Tricia–, a veces le gusta lucirse, presumir un poco, pero a mí me gusta de todas formas...

«¿Y quién podría culparte por ello?», le preguntó en silencio Robin.

–Debería sentirme culpable por haber dejado esta noche a Danny con Paul –continuó–, pero cuando Steve me llamó, Paul insistió en que me merecía salir unas horas y divertirme un poco. Se ofreció a quedarse en casa con Danny, diciéndome que no me preocupara por nada. Ese es el problema cuando tienes un niño de dos años y te quedas todo el santo día en casa: que te olvidas de que, fuera de eso, hay otra vida...

–Perdona –Robin parpadeó sorprendida–, me temo que no comprendo. ¿Tienes un hijo de dos años?

–Sí –asintió Tricia, con los ojos brillantes.

–¿Tuyo y de Steve? –se las arregló para pronunciar, incapaz de evitar el temblor de su voz.

Tricia la miró, evidentemente atónita ante su pregunta. Frunciendo levemente el ceño, inquirió:

–¿Estás de broma? ¿No te dijo Steve quién era yo?

–Bueno, no. Ray solo me dijo que Steve iba a presentarse esta noche con una acompañante...

–¡Una acompañante! –Tricia soltó una carcajada–. ¡Oh, espera a que se lo cuente a Paul! Se va a morir de risa. Esto es increíble. Yo estoy casada con Paul Anderson, y Steve... Steve es mi hermano.

Capítulo Doce

–¿Steve Antonelli es tu hermano? –inquirió Robin con voz chillona, sin poder evitarlo. Se había quedado literalmente de piedra.

Tricia asintió con lentitud, obviamente sorprendida por su reacción.

–¡No tenía ni idea!

–Bueno, voy a decirte algo, aunque probablemente no debería hacerlo, y tampoco quiero que se entere de que te lo he dicho yo. Hace un par de años Steve se llevó un fuerte desengaño, y desde entonces dejó prácticamente de salir con chicas. Esa es otra razón por la que Paul insistió en que lo acompañara yo esta noche. Nos alegró saber que al menos tenía ganas de salir y divertirse un poco.

Robin no sabía qué decir. La cabeza le daba vueltas.

–Nunca me enteré de los detalles –añadió Tricia–, pero al parecer Steve conoció a una mujer mientras estuvo de vacaciones y se enamoró perdidamente de ella. Corre el rumor de que incluso estuvo dispuesto a dejar su trabajo y trasladarse a donde la chica vivía. Pero ella debió de rechazarlo. Fue una pena, porque creo que Steve habría sido un marido y un padre maravilloso. Con Danny es encantador. Sea lo que sea que sucedió, a partir de entonces cambió, ya no fue el mismo. Por supuesto, papá piensa que el cambio fue para mejor. Ya no está tan obsesionado con su trabajo y pasa mucho más tiempo con su familia –rio–. Incluso se ha puesto a jugar al golf. Pero siempre que le pregunto si está saliendo con alguien, se encoge de hombros y me dice que aún no ha encontrado a nadie que lo interese. Y eso me desgarra el corazón.

–Sí –pronunció Robin–. Es desgarrador.

–Bueno, los chicos se estarán preguntando qué es lo que nos ha pasado –se levantó.

Volvieron a la mesa, y Steve le acarició una mano a Tricia con evidente afecto. «Su hermana». «Oh, Steve, odio que estés sufriendo. Ojalá pudieras dejarme ayudarte», se dijo Robin para sus adentros. Una vez fuera del local, las parejas se despidieron mientras esperaban a que los empleados les trajeran sus coches.

–Me ha encantado volver a verte, Robin –le dijo Steve sin mirarla a los ojos–. Saluda a tu familia de mi parte.

Ray la tomó del brazo, se despidió de Steve y de Tricia y la ayudó a subir a su coche.

–Estás terriblemente callada –le comentó cuando se dirigían a su hotel.

–Solo estoy cansada.

–Oye, sobre lo de mañana... –Ray se interrumpió, mirándola expectante.

–Probablemente me pase la mitad del día durmiendo.

–Hablaba en serio acerca de lo de hacer de guía tuyo mientras estés en la ciudad, Robin. De verdad que me gustaría conocerte mejor.

–Eres muy amable, Ray, pero no quiero que te hagas expectativas.

–Hay otro hombre –pronunció Ray con un teatral tono lastimero. Al ver que asentía, agregó–: Claro que sí. Tenía que haberlo.

–Me he divertido mucho esta noche. Gracias, de verdad.

–Hey, el placer ha sido mío. Y si quieres un guía, todavía estoy disponible. Y sin compromisos.

–Gracias otra vez –repuso, a modo de despedida.

Una vez en su hotel, subió a su habitación. Tenía que decidir sobre lo que iba a hacer. No le había mentido a Ray; realmente estaba cansada, pero también demasiado inquieta para conciliar el sueño. No sabía cuánto tardaría Steve en llevar a su hermana a casa, pero después de pasear nerviosa durante varios minutos, se cambió de ropa, poniéndose unos cómodos vaqueros y un suéter, y volvió a salir.

Subió a su coche alquilado y puso rumbo a la casa de Steve; no necesitó leer la dirección en la tarjeta, ya que se la sabía de memoria. Cuando llegó, el edificio de apartamentos estaba a oscuras. Aparcó al otro lado de la calle y decidió esperar. Eso era mejor que dar vueltas y vueltas incansablemente en la cama. Cerca de un cuarto de hora después un vehículo apareció al principio de la calle, redujo la velocidad y se metió en el garaje individual correspondiente al apartamento de Steve.

Robin esperó varios minutos mientras diversas luces se encendían en el apartamento, salió del coche, se acercó al portal y llamó a su puerta. Steve abrió en seguida.

–¿Qué diablos estás haciendo aquí? –fue lo primero que le preguntó.

–Esperaba hablar contigo.

–¿Ahora? –se apartó para dejarla pasar. Se había quitado la chaqueta y los zapatos, y llevaba abierto el cuello de la camisa. La guió al salón–. Toma asiento.

Robin se sentó en el sofá, mientras él atravesaba la habitación para hacerlo en un sillón, lejos de ella.

–Una vez me llamaste cobarde –empezó.

–¿Ah, sí? No me acuerdo.

–Y tenías razón.

–¿Es eso lo que has venido a decirme?

–En parte, sí. Porque si escogí pasar las vacaciones aquí fue para verte, para hablar contigo y decirte algunas cosas. El problema es que una vez que me presenté en Los Ángeles, no tuve ya coraje para seguir adelante. Ya había tomado la decisión de no buscarte cuando casualmente te encontré.

–Casualmente, ¿eh?

Robin detestaba el tono de su voz, su aburrida e indiferente expresión. Pero lo comprendía mucho mejor que antes. Había sufrido mucho. Su actitud distante era una forma de defenderse.

–Es difícil de explicar; hay tantas cosas que quiero decirte... Pero lo más importante es que lo siento. Lo lamento mucho.

–¿Por qué?

–Por no haber reconocido lo que sentía por ti. Y por haberme tomado tus sentimientos a la ligera. Todo sucedió tan rápido... No estaba en absoluto preparada.

–Creo que ya hemos tenido esta conversación, Robin. Es muy tarde, y estoy cansado.

Robin se sentía agradecida de que no hubiera encendido ninguna luz en el salón, que solamente estaba iluminado por la del vestíbulo. Si conservaba un tono de voz lo suficientemente firme, esperaba que Steve no pudiera ver las lágrimas que ya estaban corriendo por sus mejillas.

–Necesitaba tiempo para madurar –continuó, como si él no hubiera hablado–. Para establecer mis prioridades en la vida. Para decidir lo que quería hacer y quién quería ser en el mundo –vio que Steve permanecía inmóvil, como si se hubiera quedado congelado–. Conseguí el trabajo que quería.

Gané la libertad que deseaba obtener de mi familia. De hecho, logré todo lo que había esperado tener desde que me gradué. Tuve suerte. Fue entonces cuando me di cuenta de que nada de todo eso podía ser importante en mi vida... si no te tenía a ti.

–¿A qué has venido realmente? –le preguntó él con expresión sombría.

–Quería decirte que jamás he dejado de amarte, desde la primera vez que te vi. En aquel tiempo no estaba preparada para la impresión que me produjo encontrar al amor de mi vida, y no me las arreglé muy bien. La intensidad de mis sentimientos por ti me aterraba. Nunca antes me había sentido tan vulnerable, ni tan mal dispuesta para una situación emocional semejante. Por eso no pude evitar decirte lo que te dije, no pude evitar la crueldad de mis acciones. Realmente no podía imaginarme que tu pudieras amarme de la misma manera –se interrumpió por un instante–. Vine aquí porque quería saber si habías encontrado la felicidad desde la última vez que te vi. Porque era eso lo que deseaba para ti: todo el amor, el gozo y la felicidad que te mereces.

Steve seguía sentado sin mover un músculo. Robin esperó, pero él seguía sin pronunciar una sola palabra. El silencio creció y creció hasta inundar toda la habitación. No había más que decir. No quería que él percibiera lo cerca que estaba de perder el control. Sabía que estallaría en sollozos si esperaba un poco más, así que salió sin decir nada del apartamento. Subió a su coche y se marchó.

Había esperado que aún pudiera albergar algún sentimiento por ella. Algún sentimiento positivo, por supuesto. Había esperado que fuera capaz de perdonarla por su falta de madurez. Hasta ese instante, no se había dado cuenta de las expectativas que había tenido de que pudiera aceptar sus disculpas, quizá porque su familia lo había hecho desde el primer momento.

Había estado tan equivocada... ¿Qué le había hecho a aquel hombre fuerte e independiente, pero también bueno y cariñoso, cuando terminó negándose a casarse con él? ¿Cómo podía haber dado la espalda al amor que tan generosamente le había ofrecido? ¿Había estado tan obsesionada en sus problemas que había sido incapaz de ver nada más allá de su propio dolor. Nunca se había detenido a pensar en lo que su rechazo podría haber supuesto para Steve.

Y ahora tendría que vivir con lo que le había hecho... con lo que les había hecho a ambos. Indudablemente le habría resultado mucho más fácil perdonarse de haber contado con su perdón. Mientras se dirigía hacia su hotel, era consciente de que se había llevado su merecido: ni más ni menos. De alguna forma, como fuera, tendría que vivir con el conocimiento de que había destruido lo que pudo haber sido una maravillosa relación. Y con un hombre al que siempre amaría.

Para cuando llegó al garaje del hotel, se sintió agradecida de no tener que atravesar el vestíbulo de entrada. Sacó un pañuelo del bolso, se enjugó las lágrimas y se sonó la nariz, antes de subir una vez más a su habitación.

Eran casi las tres de la madrugada. Permaneció sumida en un profundo y estremecedor silencio, demasiado agotada emocionalmente para pensar en lo que sería el resto de su vida sin que Steve formara parte de ella.

El zumbido que sentía en su cerebro se negaba a desaparecer. Gruñó y se dio la vuelta en la cama.

Se obligó a abrir los ojos y miró el reloj: las seis. Apenas había dormido tres horas.

El zumbido continuaba. Solo entonces se dio cuenta de que alguien estaba llamando a la puerta sin parar. Se puso la bata y corrió abrir, teniendo antes la precaución de mirar por la mirilla. Era Steve. Se apresuró a descorrer la cadena.

Tenía un aspecto terrible; sin afeitar, despeinado, con la camisa arrugada y una feroz expresión ceñuda. En silencio Robin se apartó para dejarlo pasar, y se apoyó luego en la puerta cerrada, observándolo, esperando no sabía qué.

Steve se tambaleó ligeramente; si era por el efecto del alcohol o por el cansancio, Robin no sabría decirlo. Pero había ido a buscarla. Estaba allí... y era como si su corazón luchara por salírsele del pecho.

–¡Maldita seas! –pronunció de repente, furioso, y la abrazó con fuerza, como si nunca más quisiera separarse de ella.

Robin cerró los ojos y enterró la cara en su hombro. Permanecieron así durante lo que les pareció una eternidad. Ansiaba tocarlo por todas partes, amarlo de todas las formas que sabía y borrar el daño que involuntariamente le había hecho. Nunca había amado a nadie con tanta intensidad.

–Llegué a superarlo –añadió Steve con voz gutural–. Superé la peor etapa. Con el tiempo llegué a dar gracias por vivir tan lejos de ti, para que ni siquiera pudiéramos vernos por accidente. Y de repente apareciste, como si fueras un producto encarnado de mi imaginación.

–Te amo, Steve. Te amo tanto –susurraba Robin.

–Me has hecho vivir un infierno.

–No quería hacerlo. Nunca quise herirte. Por favor, créeme.

–Me prometí que nunca más te pediría que te

casaras conmigo. ¡Nunca! Jamás volveré a pasar por eso.

–Está bien –murmuró ella, con los ojos cerrados–. Todo va a salir bien, te lo aseguro...

Sintió que le flaqueaban las rodillas mientras lo llevaba hacia la cama. Se dejaron caer en ella, todavía abrazados.

–Estoy tan cansado –le confesó Steve–. Cansado de luchar contra lo que siento. Cansado de negarme a mí mismo. Cansado de fingir que todo está bien en mi vida...

–Todo será diferente, te lo prometo. Me trasladaré aquí. Nos veremos tan a menudo como quieras. Conseguiré un trabajo: Los Ángeles es la meca de las relaciones públicas. Tardaremos lo que sea, pero recuperaremos la confianza que teníamos. Te amo. Siempre te amaré.

En cuestión de segundos se quedó dormido, aferrado a ella. Robin se fue relajando y también se dejó vencer por el sueño, ya que estaba tan exhausta como él. No tenía ni idea de cuánto tiempo estuvo dormida, pero cuando se despertó estaba sola.

Se sentó rápidamente en la cama. ¿Acaso había soñado que Steve había ido a buscarla? Miró el reloj. Eran más de las tres y estaba lloviendo. Solo entonces se dio cuenta de que el sol entraba a raudales por las cortinas abiertas, y que el sonido que oía no era la lluvia, sino el agua de la ducha.

Se levantó apresurada y abrió la puerta del cuarto de baño. La habitación estaba llena de vapor. Robin se quitó el camisón y entró en la ducha, abrazándose al hombre desnudo que estaba bajo el chorro de agua.

–Hola –lo saludó, besándole en la barbilla.

–Hola –Steve bajó la mirada, maravillado. Extendió una mano para apartarle el cabello de los ojos–. Eres real. No dejaba de pensar que todo esto había sido un sueño.

–Te entiendo perfectamente –hizo que se diera la vuelta parta empezar a enjabonarle la espalda, disfrutando de la sensación de sus músculos bajo los dedos. Y aquel duro trasero suyo, la única zona de su cuerpo que no estaba bronceada, también tentaba sus caricias...

Cuando de nuevo se volvió hacia ella, no podía estar más excitado.

–Vaya, hola –pronunció, acariciando su miembro. La reacción fue inmediata.

Steve le enjabonó rápidamente el cuerpo, eficientemente y sin ninguna intención de prolongar el proceso. Una vez aclarados, Robin salió y agarró una toalla mientras él cerraba el grifo. Pero no tuvo tiempo de secarse bien, porque la arrastró de inmediato a la cama.

Su acto amoroso fue violento, desgarrado, agotador. No hablaron, pero su recíproco amor se manifestó de múltiples maneras. Una vez saciados, Steve le suplicó, abrazándola:

–No me dejes. No podría soportarlo.

–Yo tampoco –susurró ella.

Perdieron la noción del tiempo. Lo siguiente de lo que Robin tuvo conciencia fue de un juramento musitado por Steve.

–¿Qué pasa?

–Hace una hora que se suponía que tenía que estar trabajando.

–Oh, no. ¿Qué vas a hacer?

Steve se sentó y tomó el teléfono.

–Tendré que decirles que he tenido un problema familiar grave –le tomó una mano–. Les diré que se ha presentado una emergencia... y que una amistad me está ayudando a solventarla.

–¿Una amistad?

—Una amistad muy íntima.

Robin escuchó mientras hablaba con su superior. Cuando colgó, se volvió hacia ella para besarla y acariciarla hasta que nuevamente hicieron el amor.

—Te he echado de menos —le confesó mientras se hundía en ella rítmica, lentamente—. Y he echado tanto de menos hacer el amor de esta manera...

—Puede que no sea esta la mejor ocasión para decirte algo... —repuso Robin, gimiendo de placer.

—¿Qué?

—Que tal vez necesite elegir mejor el momento y el lugar.

—¿De qué se trata?

—Steve, amor mío, ¿quieres casarte conmigo?

Steve se quedó muy quieto, mirándola fijamente.

—¿Qué has dicho?

—Tú dijiste que nunca volverías a pedirme que me casara contigo. Lo entiendo perfectamente. Pero dado que no nos hemos preocupado de utilizar método anticonceptivo alguno, me parece a mí que tendremos que contemplar las posibles consecuencias. Sé que estoy siendo un poco descarada, pero...

Steve la interrumpió con un beso, y Robin dejó ya de pensar. Tampoco era algo que la preocupara. Tal vez no hubiera sido esa la respuesta que había esperado, pero si todo lo demás fallaba, siempre podría llamar a sus hermanos.

Se les daba muy bien olfatear presas matrimoniales.

Epílogo

Octubre del mismo año

Ray le dio un golpecito en el hombro a Robin. Cuando ella se volvió, la levantó en brazos y la besó.

–¿Te gusta vivir peligrosamente? –le preguntó Steve a su amigo. No estaba sonriendo.

Ray lo ignoró hasta que hubo terminado de besarla. Luego la bajó lentamente al suelo y sonrió con una candidez conmovedora.

–Es una antigua tradición que el padrino siempre bese a la novia, Steve –le hizo un guiño a Robin–. Y estoy seguro de que tu novia es bien consciente de que yo soy el mejor de los dos. Tú eres el premio de consolación. Me temo que solo se ha casado contigo para abrir el juego.

Robin se echó a reír mientras Steve deslizaba un brazo por su cintura para atraerla hacia sí.

–De acuerdo. Un solo beso. No creas que vas a poder conseguir ninguno más.

El banquete en el rancho se encontraba en todo su apogeo. El lugar estaba lleno a rebosar de parientes y amigos de ambas familias. El contingente de California había llegado la semana anterior, y los padres de Steve se habían presentado con tiempo suficiente para conocer bien a la familia de la novia. Por supuesto, Robin ya los había conocido en junio, durante sus vacaciones de verano. Siempre atesoraría en su memoria el recuerdo de aquella última semana que había pasado con Steve. Se había trasladado a su casa de Los Ángeles durante la semana restante de sus vacaciones. Él había conseguido dos días libres más y la había llevado a Santa Barbara para presentarle a Tony y a Susan. Y Robin inmediatamente se había enamorado de los padres de Steve.

Pero el recuerdo favorito de sus vacaciones había tenido lugar precisamente el último día. Por la mañana la había despertado una carcajada de asombro de Steve, seguida de un juramento. Y cuando abrió los ojos, Robin no pudo dar crédito a lo que estaba viendo: sus tres hermanos estaban alineados hombro con hombro al pie de la cama, con los brazos cruzados y un aspecto muy peligroso... hasta que les vio las caras. Sonreían de oreja a oreja por la reacción de Steve ante su inesperada presencia.

–¡Os dije que me arreglarais esa alarma para que nadie más pudiera burlarla! –se quejó Steve.

–Excepto nosotros, claro –respondió uno de los hermanos.

–Si no os importa, amigos... –pronunció, disimulando una sonrisa–. Ni mi prometida ni yo estamos adecuadamente vestidos para recibir visitas, al menos por ahora. Así que si nos disculpáis...

Jason asintió con expresión aprobadora.

–Tu prometida, ¿eh? Muy bien. ¿Cuándo os casáis?

–Hace solo unas noches que me pidió matrimonio. Todavía no hemos abordado los detalles.

–¡Que «ella» te pidió matrimonio! Realmente eres un tipo testarudo, tú... –protestó Jim, sacudiendo la cabeza.

Robin voló a Texas en compañía de sus hermanos. Habían sabido por sus padres que se había quedado en casa de Steve, ya que ella les había llamado cuando abandonó el hotel, por si deseaban localizarla para cualquier cosa.

Durante el banquete nupcial, Steve y los hermanos de Robin tuvieron oportunidad de comentar divertidos aquel incidente. Robin también suponía que era divertido, aunque se había llevado un buen susto al descubrirlos en su dormitorio.

–Espero que nadie se haya enterado del lugar de nuestra luna de miel –le comentó Robin en aquel instante–. No me gustaría ver a mis hermanos allí.

–Lo sabe la menor cantidad de gente posible. Carmela ya está haciendo planes para prepararnos todas nuestras comidas favoritas durante las dos próximas semanas. Ed seguramente se lo habrá comentado a mis padres, pero por lo que se refiere a nuestra familia, el secreto está asegurado.

–Menos mal.

Cindi se acercó a ella en aquel momento y la abrazó.

–Estás preciosa, Robin. Gracias por haberme invitado a la boda.

–¿Estás de broma? ¿Quién más habría podido hacer de madrina? Eres más que una hermana para mí.

–Estoy tan contenta de que volváis a estar juntos –sonrió–. Cuando me comprometí, nunca imaginé que acabarías casándote antes que yo.

Cindi se había presentado con Roger, que estaba locamente enamorado de ella.

–¿Robin? –la llamó su madre–. Creo que ya es hora de que cortéis el pastel.

–¿Listo? –inquirió Robin, mirando a Steve.

–Vamos. Cuanto antes acabemos mejor. Tenemos una isla tropical esperándonos.

–Tienes razón. Un par de horas se nos pasarán volando.

No habían preparado mucho equipaje para la luna de miel en la isla. Con aquel clima no necesitaba mucha ropa. Y pretendía conservar a Steve en un permanente estado de desnudez...